全体主義の誘惑
オーウェル評論選

ジョージ・オーウェル
照屋佳男 訳

中央公論新社

目　次

〔　〕と原注内の〔　〕は訳者による補足・補注である。

訳者まえがき

一八二九年四月一二日、ゲーテはエッカーマンとの対話で、「偉大な精神の自由」(eine große Freiheit des Geistes)があって初めて人はおのれの「誤った傾向に気づく」という意味のことを語っている。この発言から得られる理解は、もしもおのれの誤った傾向に気づき得ないところから並外れた自信が生じるとしたら、それは「偉大な精神の自由」の欠如をまさに証するものになる、というものである。直接的には造形美術を巡って為されたこの発言には、誤った傾向を他人に認めるのはいとも容易だが、おのれ自身にこれを認めるのは稀有のことだという発言が付け加えられている。

政治の世界にも当てはまるゲーテのこの発言を頼りに、二〇二一年七月二日、北京の天安門広場で開かれた共産党創設一〇〇年の祝賀式典での習近平総書記の演説を丹念に辿っていくと、まず次のような表現に出くわす。「社会主義〔共産主義〕だけが中国を救い、中国の特色ある社会主義だけが中国を発展させる」(『讀賣新聞』七月三日、以下同)。ここに表出されている並外れた自信は次のような自信に緊密に結びつく。「党がなければ新しい中国はなく中華民族の偉大な復興もない。歴史と人民が党を選んだ」。このような桁外れの自信は、おのれの「誤った傾向」に気づき得ないところから生じていると言えるのであり、この自信は、次のような表現にも示されている。「共産党は平和、発展、公正、正義、民主、自由といった人類共通の価値観を発展させる。（略）覇権主義と強権政治に反対する。（略）他国の人をいじめ、抑圧し、奴隷扱いすることは過去も今も未来にも決してない。（略）『一国二制度』を完全かつ正確に実施する」。

自らの誤った傾向に全く気づかないというところから産出される、共産党の途轍もなく大きな自信は、共産党は無謬であるとする立場に必然的に繋がり、ここから共産党に対する批判はすべて斥けられるという結果が生じる。習近平総書記はこう言っている。「我々は有益な提言と善意に基づく批評は歓迎するが『教師面』をして説教するのは決して受け入れない」と。

共産党の本質を、おのれの無謬を信じ、それを揚言するところに見届けていたジョージ・オーウェル（George Orwell：一九〇三―五〇）が、今生きていたなら、冒頭で引き合いに出したゲーテの見方に、大いなる共感を覚え、ソ連の全体主義に向けていたのと同じ目を中国の全体主義に向けていただろう。というのも、オーウェルは「偉大な精神の自由」に相当するものを「知的誠実」という語で表し、これを何よりも重んじていたからである。

「偉大な精神の自由」と目の確かさとの間には密接不可分の関係がある。本拙訳の最初に掲げたヒットラー論の中の「知性の硬直」（the rigidity of his mind）という語、習近平総書記にも適用されうるこの語、「偉大な精神の自由」の欠如を含意せずにはおかないこの語をヒットラーに適用したところに、オーウェルの目の確かさが示されている。オーウェルの目の確かさは、また、快楽主義や最大多数の最大幸福の追求が通用しない状況（例えば、ここ二年来、前代未聞の生活形態を強いている大悪疫の跋扈という状況に似た状況）の常態化がありうることを暗示しているところにも見出される。

本拙訳の二番目のダリ論は、当節、知識人や政治家たちが成立させようと躍起になっているＬＧＢＴ法案を巡る動きの奇矯さを思い起こさせる。ダリに嗅ぎつけられうる「聖職者特権」を生み出すような権力欲があるというオーウェルの暗示は、等閑に付され得ない。ここで言う権力欲とは、習俗が法に先立つように、法に先立ち、法の根底を成す共通感覚が失われたところに生じる権力欲のことである。

三番目のナショナリズム論で注目すべき第一点は、ナショナリズムと愛国心の峻別である。第二に注目すべきは、一つの民族、地理学上の一つの地域と結びつくとは限らないナショナリズムに関して、知識人はおのれが忠誠の対象にしている一組織の権力と威信、あるいは一外国の権力と威信の拡大強化に腐心するのを特徴にしていると述べられていることである。第三点は、知識人の間で最も支配的な形態のナショナリズムは共産主義であり、知識人の忠誠の対象になっている共産主義国で引き起こされている大虐殺、大飢饉は知識人の意識にのぼらないという指摘である。第四点は、愛国心がナショナリズムという病に対する予防接種と捉えられていることである。我々はオーウェルのナショナリズム論から、「反日」と称せられる知識人を深く理解する手がかりを得ることができる。

「文学を阻むもの」は、言論・出版の自由をはじめとする自由が、本来その擁護者であるべき人々（文学者・知識人）によって掘り崩されつつあるということを論の中心に据えている。自由の不可欠の要素であり、文学の根幹を成している知的誠実、主観的感情・心の情景の重視を反社会的なもの、利己的なものとして排除しようとする傾向が、自由と民主主義の尊重を国是とする国（英国）の文学者・知識人の間に根深く遍在しているということ、このような状況から、次のような状況、すなわち「全体主義〔共産主義〕によって腐敗させられるためには、全体主義国に住むには及ばない」と感ぜしめる状況が帰結すると論じられている。全体主義を優勢にするこのような状況が作り出す雰囲気の中では、自己検閲が必然的に行われるようになり、恐れることなく考え、感じ、発言することを要件としている文学を生き延びさせることが困難になる。問題は、こういう全体主義的雰囲気の中で水を得た魚のように動き回る側が「正統」となり、こういう雰囲気に息苦しさを覚える側は「異端」とされ、「反社会的」「利己的」というレッテルを貼られるということである。こういう事態になるのは、つまるところ、知識人自体の中で自由への欲求が弱まり、全体主義への警戒心が薄れているからである、とオーウェルは見ている。

「全体主義国は事実上神政国であり、その支配階級〔共産党〕はその地位を維持するために無謬と見做されなければならない」。無謬と見做されるためには歴史のどのような瞬間においても共産党には咎められるべき誤りはなかったことを示さなければならない。神ではない共産党に誤りが皆無であることを示すためには歴史の偽造、捏造、歪曲を行わなければならない。偽造された歴史の書や記録に盛られた歴史観が正統性を帯びることによって、文学者やジャーナリストが心の情景や記憶や思い出を保つのは殆ど不可能になり、かくして彼らはおのれに固有のダイナモ（活力源）を失うに至る。

現在猛威をふるっている「正統」の一つは、米国に発生した「政治的公正」（political correctness：「従来の欧米の伝統的価値観や文化が西欧・白人・男性優位であったことの反省に立ち、女性や、アジア系・アフリカ系・ラテンアメリカ系などの住民、アメリカインディアン、同性愛者などの社会的少数派の文化・権利・感情を公正に尊重し、彼らを傷つける言動を排除しようとすること」。略PC。『リーダーズ英和辞典　第3版』研究社）である。PCの信奉者たちは、おのれの持する価値観や文化観とは異なる価値観や文化観を相互作用の対象とせず、むしろこれを「異端」として排除しようとし、その排除のための活動を活発に全国規模で行っている。

この活動は我が国の全体主義志向者たちの活動の発条《ばね》となっている。公的に活動していた人が公的な場で行った発言、情に溢れた女性評価の発言が、その文脈を故意に無視して切り取られた片言隻句によって、女性蔑視の発言に仕立てられ、ごうごうたる非難を浴びたその発言者は公的活動の場から追放されたという最近の事例はPCの影響が我が国に及んでいることをよく示している。この事例を文学とは無縁の事例と捉えてはならないであろう。この事例は我々の想像力に傷を負わせているからである。

「文学を阻むもの」の最後の方に置かれた言葉、すなわち「今、我々が知っているのは、想像力はある種の野生動物のようなもので、これは囚われた状態では子を産めない」という言葉に触発されて、我々はこう言わなければならない。公的発言が囚われた状態にあり続けることは文学の貧困に繋がりうる、と。

「政治と英語」においてオーウェルは、政治の営み、経済の営みの面での劣化が原因となって、国語（英語）の劣化という結果が生じるが、その劣化した国語が、今度は原因となって、政治の営み、経済の営みの一層の劣化という結果がもたらされるという見方を、最初に差し出している。この見方は「思想が言葉を劣化させるとしたら、言葉もまた思想を劣化させうるのである」という表現でも提示されるが、オーウェルが主張したいのは、言葉の使い方についての考察を端緒にして、政治の相当な改善を成し遂げることができるということである。

まず、政治学の分野で著名なハロルド・ラスキの持って回った不正確な文の一節をはじめ、当代の抽象的で意味不明な文の節など五つの文の節が言葉の劣化の実例として提示される。次に言葉の劣化、政治の劣化を表示する語句、生気を失って陳腐になった比喩の形を取る語句、いわば手垢にまみれ、真の意味での意思疎通には役立たない語句が多数取り上げられる。それから言葉の劣悪化と政治の劣悪化の格別な繋がりが次のように論述される。「出来合いの語句が我々に代わって文を構成してくれる――ある程度まで、我々に代わって考えることさえしてくれる――出来合いの語句は、必要な時には、我々の真意を、部分的ながら、我々自身からさえ隠すという由々しい奉仕をしてくれる。政治の劣悪化と言葉の劣悪化との格別な繋がりが明らかになるのは、こういう点においてである」。政治の劣悪化と言葉の劣悪化との結合によって、到底弁護不可能なことが弁護されるようになる。次のように具体的にオーウェルは述べる。「日本への原爆投下などは、なるほど弁護されうる。しかし、それは、たいていの人にとって正視に耐えないほど残忍な論拠、諸政党が公言している目的とは合致しない論拠によってしか弁護され得ないのだ」。中国によって、香港に関して取られている措置は、正視に耐えないほど残忍な論拠によって弁護されている。

自らの作家としての成長過程を書き記した「なぜ書くか」で最も注意を引かれる文は「一九三六年〔スペイン内乱が勃発した年〕以後、私が本腰を入れて書いたものはすべて、その一行一行に至るまで、全体主義に反対し、直接的にせよ、間接的にせよ、私が理解している通りでの民主主義的社会主義を擁護するためのものであった」である。政治と文学が切り離され得ない関係にあることを悟らせた、身を以てのスペイン内乱体験は、オーウェルの作家生活の分水嶺を成している。政治に関わり全体主義に反対する際、子供の頃身に沁み込んだ世界観は、オーウェルにとって頗る大切な要素となっているということ、この世界観と両立する形で政治への関わりがあるということが語られている。この両立があったからこそ、政治を扱った作品、『カタロニア讃歌』、『動物農場』、『一九八四年』を芸術のレベルにまで高めようとする根源的衝動が湧き起こったのである。『カタロニア讃歌』についての次の発言は、オーウェルにおける政治と文学の関係をよく表している。「〔『カタロニア讃歌』は〕一種対象を突き放したような姿勢で、形式を重視して書かれている」、「私はこの書で、自分の文学上の本能を侵すことなく、まさに真実をまるごと語ろうと真剣に努めた」と述べ、子供の頃身につけた世界観を捨て去らないことの大切さを強調するかのように「作家の執筆動機の底の方には神秘が横たわっている」と述べている。

「強力な軍隊なしで積極的な外交政策を維持できる」といったような見方に典型的に表れている「正統」に囚われていない国家が統制を行う場合に、依拠すべき良質の知的雰囲気というものがある。その知的雰囲気を大事にしている作家が政治に関わる時にどのような態度を取るべきかに関して、「作家とリヴァイアサン」で、自らの体験に基づいて縷々懇切に助言を行っている。例えばこう言っている。「作家は反動的傾向を嗅ぎつけられるのを恐れてはいけない」。さらに、政治上の選択は善と悪のどちらを選ぶかという選択であるという見方は保育園に属するものであるとして、こう言い切っている。「政治においては二つの悪の中から、小さい方の悪を選ぶということしかできない」。これはアリストテレスの言葉を思い起こさせる注目すべき発言である。「より小さな悪はより大きな悪に比べれば、善に勘定《かんじょう》される」「より小さな悪は大きな悪より選び取るにあたいする」（『ニコマコス倫理学』神崎繁訳、岩波書店、二〇一四年、一九四ページ）。

サルトルの『反ユダヤ主義者の肖像』を取り上げた文の中心に位置しているのは「分断化さ

れた社会という社会観」（atomised vision of society）である。この社会観に拠れば、人間は相互作用性のあるもの、互いに影響を与え合う人間としてではなく、昆虫のように分類されて収まっている箱の中で、「部類」の壁で仕切られた人（ヒト）として存在するということになる。この社会観に拠って、ユダヤ人は彼らが居住している特定のある国の国民としてではなく、あくまでもユダヤ人として、その国家に受け入れられねばならない、ユダヤ人はその国家共同体の伝統文化や宗教に同化するということはあってはならないと説くサルトルの論を評して、オーウェルはこういう社会観は反ユダヤ主義をいよいよ広範囲に行き渡らせることになるだろうと言っている。反ユダヤ主義を犯罪と見做すよう促すところのある、「分断化された社会」という社会観は、現今米国で吹き荒れている「社会的公正」（political correctness）を支えているところのものである。白人と、黒人を含む非白人の諸種族とが「部類」の壁で仕切られて、互いに排除し合う攻撃的な姿勢が認められるようになっている。書評の形を取るこの短い評論は確かに一読に値する。

『ガンジーについて思うこと』。冒頭の「聖者は無罪と判明するまでは有罪を宣告されていなければならない」という文は、聖者と見做されている人間の内面に潜む邪悪に気づくことの大切さを暗示している文である。聖者の内面に邪悪が伏在することに気づいていたいま一人の英国の文学者D・H・ロレンス（D. H. Lawrence：一八八五―一九三〇）は『アポカリプス論』（*Apocalypse*, 1931）の中でこう書いた。「レーニンのような人間は、力〔人間に本来具わっている力、相互作用性のある人間の実力〕を完全に破壊することは正しいと信じているすさまじく邪悪な聖者である」、「エイブラハム・リンカーンは、人間の実力の破壊を正しいことと殆ど信じている半ば邪悪な聖者である」、「ウィルソン大統領〔米国第二八代大統領〕は人間の実力の破壊を全く正しいことと信じている点で、紛う方なく邪悪な聖者である」。主としてヨーロッパ一八世紀の啓蒙思想に端を発する諸観念を存在の土台にし、そうした観念に突き動かされ、支配されて、邪悪となった「聖者」の趣を、ガンジーは全く帯びていない。オーウェルはガンジーが邪悪な聖者でなかったことを、主にガンジーの自伝を通じて確信するに至った。ガンジーは邪悪な聖者ではないという観点からガンジーを的確に評価し、礼賛する言葉がこの評論にいくつか見出される。例えばこう記している。「ガンジーの不倶戴天の敵でさえ、彼はただ生きているということだけで世界を豊かにした非凡な興味深い人であったと認める、と私は確信している」、「彼が恐怖の念から言わずにおいたこと、考えずにおいたことは一つもなかった」。

我々がこの評論を読んで心から発したい問いは、ガンジーのように並外れて器の大きい人間が仮に今いたとしても、彼は現代の中国で活躍の場をもちうるだろうか、というものである。

オーウェルの評論は、現在我が国が陥っている政治的窮境に一条の光を投ずる働きをするのではないかという思いから、九篇を数多くの評論の中から選んで訳した。テクストは *Orwell and Politics*, ed. Peter Davison, Penguin Books, 2001 である。

冷戦終結後、我が国では忘れられた存在となっているオーウェルを甦らせる上で本拙訳がいささかなりとも役に立てば幸いである。

全体主義の誘惑——オーウェル評論選

一　書評：ヒットラー著『我が闘争』

Review of MEIN KAMPF *by Adolf Hitler*

ほんの一年前〔一九三九年〕にハースト・アンド・ブラケット社が無削除版として出したヒットラーの『我が闘争』が親ヒットラーの観点から編集されているということは、事態が急速に推移していることの表れである。訳者の序文と注に明示されている意図は、この本の残忍な調子を和らげ、ヒットラーをできるだけ思いやりのある人物として提示するというところにある。それというのも、一年前の時点ではヒットラーをまともな人物と見る向きが依然あったからである。なにしろ、彼はドイツの労働運動を完全に押さえ込んだのであり、それゆえに有産階級は、殆どすべての点で、すすんでヒットラーを許す気になっていた。左翼も右翼も、国家社会主義〔ナチズム〕は保守主義を作り替えたものに過ぎないという浅薄な見方をする点では一致していた。

ところが突然、ヒットラーは結局まともな人物ではないということが明らかになった。その結果、ハースト・アンド・ブラケット社の、収益はすべて赤十字社に寄付されるという文句の記された新しいカバー付きの版が再発行されるに至った。やはり、余念なく『我が闘争』の内的証拠に基づいてこの書を見れば、ヒットラーの目的や見方に何か本当に変化が生じたと信じるのはむずかしい。一、二年前、彼が行った発言を、それより一五年前の発言と比べて、気づかされるのは彼の知性は硬直しているということ、彼の世界観が発展することはないと思わせる知性の働かせ方をしているということである。その世界観は知性の凝り固まった偏執狂の世界観であり、それは権力政治の臨機応変の戦術展開などから影響を大して受けそうもないのである。ヒットラーに特有の知性においては十中八九、独ソ不可侵条約〔一九三九年八月二三日モスクワで調印された、ドイツ・ソ連両国の相互不可侵に関する条約。一九四一年六月、ドイツ軍のソ連侵攻で破棄〕は、単に予定表〔ソ連侵攻時間表〕の変更を表しているに過ぎない。『我が闘争』で定められている計画は、まずソ連を粉砕することであった、そして、その後英国を討ち滅ぼすという意図がその計画には暗示されていた。さて、どうやら次のようなことが判明したということになっている。ソ連は英国よりも比較的容易に抱き込まれうるから、英国がまず処置されねばならない。そして英国が滅ぼされた後、今度はソ連が侵攻を受ける番である、と――疑いもなくヒットラーは事態の展開をそういうふうに見ている。が、勿論、実際にそういうふうになるかどうかは別問題である。

　ヒットラーの計画が実施されうるようになったとしたら、どういうことになるだろう。百年後に実現すると彼が構想しているのは、二億五千万人のドイツ人がたっぷり「生活圏」(living room〔Lebensraum〕)(すなわちアフガニスタンやそこらあたりまで延びる生活圏)を保有し、切れ目なく続いた国家を建設するというものである。ぞっとするほど脳なしの帝国、若い男性を戦争に備えて訓練すること、そして砲弾の餌食になるものを果てしなく新たに生み出すこと、これ以外には何事も生じないのを本質とする帝国を建設することである。彼はどうやってこの醜怪な未来像を国民に受け入れさせることができたのだろう。なるほど頭角を現すに至る経歴のある段階で、ヒットラーは、重工業経営者たち、すなわちヒットラーを社会主義者や共産主義者たちを打ちのめす能力のある人物と見做していた重工業経営者たちから資金援助を受けていた、と言うのはいともたやすい。しかしながら、彼がその演説によって既に大きな運動を引き起こしていなかったなら、彼らは彼を支持しようとは思わなかっただろう。さらに七百万人の失業者を抱えていたドイツの状況がヒットラーをはじめとするデマゴーグたちに有利に働いたことは明白である。しかしヒットラーは、一個の独特の人物としての魅力を帯びていなかったら、競争相手たる多数のデマゴーグを向こうに回して、成功することなどできはしなかっただろう。この魅力は『我が闘争』のぎこちない筆致にさえ感じ取られうるのであり、彼の演説を聞く時、この魅力が圧倒的なものとなることは疑いようがない。私はヒットラーを嫌うことなど決してできなかったとはっきり記しておきたいと思う。彼が権力の座に就いて以来——彼の権力掌握の時点まで、私は、他の殆どすべての人と同様に、欺かれた状態に陥って、彼は重きを成す人間ではないと思っていた——私は手を下せるほど彼に近づくことができたら、彼に対して殺意を燃やすのは確実なことだろうと思ったりした。しかしその場合でも、一個の人物としての彼に敵意を抱くことなどできないと思ったりした。人を強く魅するものが彼に具わっているというのは事実である。彼の写真を見る時もこの魅力を感じさせられる——私は特にハースト・アンド・ブラケット版の最初のページに載っている写真を見るようにお勧めする。これは、突撃隊員（Brownshirt［Sturmabteilung］）初期の頃に撮られたヒットラーの写真である。哀れを誘う犬のような顔、耐えがたい不正行為を受けて悩み苦しんでいる顔、男性的なものを一際強く出すような仕方で、その顔は、十字架にかけられたキリストを描いている無数の絵に認められる表情を再現している。そしてヒットラーが自分自身をそういうふうに見ていたことに疑いの余地は殆どない。事の発端を成している、彼一己《いっこ》に固有の不満、すなわち世界に対する彼一己に固有の不満の原因は推測の域を出ない。が、ともかく不満は厳として存在している。自分は殉教者、犠牲者、岩に繋がれたプロメテウス、大困難にもかかわらず孤軍奮闘している英雄、自己犠牲を厭わぬ英雄であるというわけだ。ネズミを殺すという段になると、彼はネズミを竜のように見せる術を知っているだろう。ナポレオンの場合と同様に、彼は運命に逆らって、勝ち目のない戦いを戦っている、が、それでもどういうわけか彼は勝利に値する、と感じさせられる。彼のこういう姿勢が帯びる魅力は、勿論桁外れに強烈である。なにしろ我々が日頃好んで観る映画の半分はそういう魅力をテーマにして作られているからだ。

　彼はまた、人生への快楽主義的態度が虚偽であることを把握している。先の大戦〔第一次世界大戦〕以来、西欧諸国の殆どすべての思想、はっきり言ってあらゆる「進歩的」思想は、人間は安楽、安全、苦痛の回避以外には何も欲しないということを、暗黙の前提にしている。このような人生観に、例えば愛国心や武勇の入る余地はない。子供たちが兵隊ごっこをしているのを見ると、通常社会主義者は気が動転する。が、彼はブリキ製の兵隊に代わるものを考え出すことなど決してできない。ブリキ製の平和主義者は子供の兵隊ごっこにはどういうわけか役に立たない。そういうことを、ヒットラーは享楽を知らない彼特有の知性の中で、並外れて強烈に、感じ取っている。それゆえ、彼は、人間は安楽とか安全とか労働時間の短縮とか衛生管理とか産児制限とか、そして総じて常識などというものだけを欲するものではないと理解している。人間は、少なくとも断続的に、太鼓の響き、旗、忠誠誇示の示威行進は言うに及ばず、闘争や自己犠牲をも欲し求めるものである。その経済理論がどういうものであれ、ファシズムやナチズムは、心理学的には、快楽主義的人生観よりはるかに健全である。それは多分、軍国主義化したスターリン版社会主義についても言えることだ。ムッソリーニ、ヒットラー、スターリンといった大独裁者たちは、みな人民に耐えがたい重荷を背負わせることによって、権力を強化したのである。ところが民主主義的社会主義、いや資本主義でさえ、やや不承不承といった態度で、国民に向かって「物質的に恵まれた生活を約束します」と言っている。一方ヒットラーは国民に向かって、「私が諸君に差し出すのは、闘争、危険、死である」と言っている。その結果、全ドイツ国民はヒットラーの足元にひざまずき、ヒットラーに身を捧げるに至っているのだ。恐らく、後《のち》に、国民はそうしたことに嫌気《いやけ》がさし、考えを変えるかもしれない、先の大戦の終わり頃のように。なるほど二、三年、虐殺と飢餓が続いた後は、「最大多数の最大幸福」は立派なスローガンとなる。しかし今の時点では「ぞっとするほどいやなものがだらだら果てしなく続くよりは一大恐怖をもって決着をつけた方が良い」が勝ちを得ている。この句を作り出した男と我々は闘っているのだから、この句の、人心を動かす力を過小評価してはならない。

（一九四〇年）

二　聖職者特権——サルバドール・ダリについての覚書

Benefit of Clergy: Some Notes on Salvador Dali

自伝は何か恥ずべきことを明かしている場合にのみ信用できる。自分自身の行いについて、立派に振る舞ったなどと自伝で語る者は、十中八九、嘘をついているのである。なぜならいかなる人生も内側から眺めれば、文字通り一つながりの敗北だからである。とは言え、この上なくあからさまに不正直な自伝（フランク・ハリス〔Frank Harris：一八五六―一九三一。アイルランド生まれの米国の作家〕の自伝的作品はその一例）においてさえ書き手の真の像がぽろりと出る場合がある。ダリ〔Salvador Dali：一九〇四―八九。スペイン生まれのシュールレアリスムの画家〕の最新刊の『サルバドール・ダリの秘められたる人生』はこの類いの本である。この本で語られている出来事の中には、全く信じられないものもあれば、また手を加えられロマンチックに仕立て上げられたものもある。そしてこの本からは、単に屈辱的なことだけでなく、何の変哲もなく打ち続く日常生活も削除されている。ダリは彼自らの診断によってさえ自己陶酔的であり、この自伝は端的に言ってピンク色の脚光を浴びて演じられたストリップショーである。しかし幻想の記録としては、そして機械時代が可能にした本能の倒錯の記録としては、大きな価値をもっている。

そこで、物心ついた頃からのダリを巡るエピソードをいくつか取り上げてみよう。これらのエピソードのどれが本当にあったことで、どれが架空のものであったかは、殆ど重要ではない。重要な一点は、やってのけたいという気持ちが生ぜしめた類いのエピソードであるということだ。

六歳の時、ハレー彗星が現れたことを巡って、ちょっとした興奮状態が生じる。

突然父の会社の従業員の一人が客間の戸口に現れ、テラスから彗星が見えますよと知らせた。（略）客間を横切って歩いていたら、三歳の妹が戸口を腹ばいでそっと通り抜けようとしているのが目に留まった。私は立ち止まり、一瞬ためらった後、妹の頭を、まるでボールででもあるかのように、したたかに蹴った。しかし、私の後ろにいた父は私をひっとらえ、自分の執務室に強引に連れて行き、私は罰として夕食時までそこに留め置かれた。

これより一年前、ダリは「突然着想が浮かぶ場合によく起こることだが」いま一人のいとけない男の子を、吊り橋から投げ落とした。ある少女を殴り倒し、「出血している少女が周りの人によって、私の手の届かぬところへ、引き離されるまで」、踏みつけていた事件（これは彼が二六歳の時に引き起こされた）をはじめとして、上述の事件と類似の事件がいくつか記されている。五歳の頃、傷を負ったコウモリを摑まえ、バケツに入れた。翌朝コウモリは死にかかっていて、これにアリが群がり、貪り食っていた。彼はコウモリを、アリが群がったまま、まるごと口中に入れ、ほぼ真っ二つに嚙み切った。

青年期に達すると、ある女が彼に猛烈に恋心を抱く。彼女にキスをし、興奮の度合いをできるだけ高めるように愛撫する。が、愛撫以上に進むことは拒む。こういうやり方を五年間続けようと決意する（彼はこれを五か年計画と呼んでいる）。彼女に屈辱感を与え、それによって得られる権力意識を心地よく味わう。五年経ったらおまえを見捨てると頻繁に彼女に告げる。そして五年経つと、告げた通りのことをする。

成人の域に達してから大分経った頃まで、彼は自慰を常習的にし続ける。そして、どうやら、それを鏡の前でしたがるのだ。性交という通常人が抱く目的に関して言えば、彼は三〇歳かそこらまでどうやら性的不能の状態に陥っているようだ。未来の妻、ガラに初めて会った時、彼はこの女性を崖から突き落としたい誘惑にひどく駆られる。彼にしてほしいと思っていることが何か彼女の心の中にあると気づく。初めてキスを交わした後、こんなことを言ったと告白されている。

私はガラの髪を摑んで、顔をのけぞらせ、極度の興奮で体が震えていたが、こう命じた。「さあ、おれにどんなことをしてほしいんだ、言ってみろ！　だがな、ゆっくり、おれの目をしっかり見て言うんだぞ。おれたち二人に、骨の髄まで恥辱を感じさせるような、とびきりに下卑た、とびきりに残忍でエロチックな言葉をおれに向かって吐いてみろ！」

（略）するとガラは、その直前まで浮かべていた喜びの表情を、彼女特有の横暴さを帯びたぎらぎら輝く表情に変えて、答えた。

「あたしを殺してほしいの！」

彼はこの要求にいささか失望する。なぜならそれは彼が既にやりたいと思っていたことに他ならなかったからだ。彼女をトレド大聖堂の鐘楼から投げ落とそうと思案を巡らすが、実行は差し控える。

スペイン内乱〔一九三六―三九。フランコの率いる反乱軍が人民戦線政府を圧倒〕の折、彼はどちらの側につくべきかについての決断を回避し、イタリアへ旅行をする。貴族階級に惹かれる気持ちがいよいよ高まるのを覚え、あかぬけしたサロンに足繁く通い、金持ちの支援者（パトロン）を見つける。肉付きの良いノアイユ子爵と二人でいるところを写真に撮ってもらっている。この子爵を彼は彼の「マエケナス」〔Maecenas：紀元前七〇―紀元前八。ローマの政治家。文学・芸術の保護者として有名〕であると言う。ヨーロッパの戦争〔第二次世界大戦〕が勃発しそうになると、彼の重大な関心事は、料理がうまい場所、そして戦争の危険があまりにも身近に迫って来て、いち早く一目散に逃げ出すとした場合、そこからなら大丈夫と言える場所をどうやって見つけるかということだけとなる。彼はボルドーに居を定めようと決める。が、フランスの戦い（the Battle of France）のさなかに、頃合いを見計らって、スペインに逃れる。反共産主義側の若干の残虐行為の情報を収集するのに十分に長い期間スペインに滞在し、それから米国へ向かう。この期間のことは、輝かしい立派な態度が示された期間だったというふうに締めくくられている。三七歳になったダリは、妻に献身する夫となり、常軌を逸した行為が治る、あるいはその一部が治る。カトリック教会とは完全に折り合いがつく。彼はまた、大いに金を稼いでいると推測される。

しかしながら彼はシュールレアリスム期の絵、「大自瀆者」、「頭蓋骨とグランドピアノとの獣姦」といった題をもつ絵などを誇りにするのを止めない。こうした類いの絵の複製が自伝の巻頭から巻末に至るまで載せられている。ダリのデッサンの多くは、はっきり言って具象的で、後段で触れることになるが、ある特徴をもっている。シュールレアリスム期の絵から際立って現れて来る二つの要素は、性的倒錯と死体愛好症である。性的対象物や象徴——そのいくつかは我々にお馴染みのハイヒールの軽い上靴のように、よく知られている。またいくつかは、ダリ自身によって特許が取得された松葉づえと温かい牛乳といったようなものである——が繰り返し現れるのだが、そこにはかなりはっきり識別できるように排泄をモチーフにしているものもある。「陰惨な遊戯」と題する絵で、彼は言っている。排泄物がはねかけられたズロース〔女性用下着。普通のショーツより股下が長くゆったりしている〕が非常に細密に、写実主義に満足しきっているような手法で描かれているので、シュールレアリストの一小グループは一人残らずこういう疑問、すなわち彼は糞を食する男なのか、という疑問にひどく悩まされた、などと言っているとダリは書いている。ダリは断固たる口調でこう言い添える。自分はそんなことはしない、そういう常軌を逸した行為を、自分は嫌悪すべきものと見做している、と。ところでこの発言を行った時点で初めて、排泄物への彼の興味は失せるように見えるのだ。ところが、女性が立って小便をするのを見つめた経験を詳しく語る場合でさえ、彼は女性が仕損じて靴を汚す様を細部にわたって、付け足すように、叙述せざるを得ないのだ。とは言え、誰も悪徳をことごとく身に具えることなどできるものではない。で、ダリは付言するかのように、自分はホモセクシュアルではないと誇らしげに語ったりするのだ。それ以外のことに関して言えば、彼には余人に引けを取らない程度に、倒錯的行為の能力が具わっているように見える。

とは言うものの、彼の最も注目に値する特徴は、死体愛好症である。彼自身その愛好症を包み隠さずに認めている。が、その愛好症は治ったと主張している。死体の顔、頭蓋骨、動物の死骸は、彼の絵に頻繁に描かれる。死にかかっているコウモリを貪り食ったアリは数え切れない程、繰り返し描かれる。写真の一つは腐敗が大分進んだ状態で掘り出された死体を写している。もう一つの写真は、シュールレアリスムに則った映画『アンダルシアの犬』〔Le Chien Andalou：ルイス・ブニュエルとダリとの共同制作。一九二九年〕の一部を成しているグランドピアノの上の、腐敗が進行しているロバの死骸を写している。ダリはこれらのロバを依然として大いなる熱意を込めて振り返る。

私は大きな壺何個分ものねばねばする膠《にかわ》を腐敗が進んでいるロバたちの死骸の上にぶち

まけ、腐敗の進行状態を「仕立てた」。私はまた、ロバの眼窩を抉り出し、ハサミで切り刻んで大きく見えるようにした。同様のやり方で、私は白い歯並びを際立たせるために、ロバの口をものすごい勢いで切り開いた。さらに私は、ロバの腐敗が既に進行していても、ロバたちの死からもうちょっと吐き出すものがあるのが見えるようにするために、それぞれの口に顎をいくつか付け加えた。この吐き出しは、別の歯並び、すなわち黒いピアノの鍵盤で作られた歯並びの上の方で行われている。

そして極めつきのように出てくるのは、「タクシーの中の腐敗したマネキン〔ファッションモデル〕」という題の絵である——これはどうやら一種偽造された写真のようである。見たところ死んでいるらしい女の、既にむくんでいる顔と胸の上を大きなカタツムリが這っている。絵の下方の説明でダリは、このカタツムリはブルゴーニュのカタツムリ——すなわち食用のカタツムリ〔エスカルゴ〕である、と記している。

勿論、四つ折り版の、分厚い四百ページのこの本の中には私が触れていないものがある。が、この本の道徳的雰囲気、知的風景について不当な解説を行ったとは思っていない。これは悪臭を放っている本である。もしもある本のページから文字通り鼻につくような悪臭が立ちのぼるとしたら、この本こそその類いの本であると思う——こういう思いはダリを喜ばせるであろう。なにしろダリは、未来の妻に初めて求婚する前に、魚肉の入った糊の中で煮え立たせられたヤギの糞から作られた軟膏を自身の全身に塗り込んだのだから。しかしこうした事実に、ダリは別格の、優れた才能を有する、デッサンに秀でた画家であるという事実を対置しなければならない。そして彼はまた、デッサンの精密さと確かさから判断すると、頗る勤勉な画家である。彼は自己顕示欲が強く、出世第一主義者であるが、詐欺師ではない。彼には、彼の品行を公然と非難し、彼の絵に嘲笑を浴びせようとする人々の大半よりも五十倍も才能が豊かに具わっている。こうした二組の事実は、切り離さずに考察されると、一つの問題、すなわち意見の一致を生み出すのに必要な基盤が欠如しているがゆえに、真剣に論議されることがめったにない一つの問題を浮上させる。

　問題の核心はこういうものだ。正気とまっとうさに対して、直《じか》に、紛う方なき攻撃が加えられているということ、生それ自体に対してさえ攻撃が加えられているということである――なぜならダリの絵の中には、あからさまに猥褻効果を狙った絵葉書のように、想像力を毒する傾向があると思わせるものがあるからである。なるほどダリが成し遂げたところのもの、彼の想像力が生み出したところのものは、正式な討論の対象となりうる。しかし彼の人生観、彼の性格には、人間存在の基底を成すまっとうさは存在しないのだ。彼はノミのように、反社会的である。このような人間は好ましくないということ、このような人間の栄える社会には何か良くないものがあるというのは、明白である。

　翻って、ダリのこの本を、挿図を削除せずに、エルトン卿〔Godfrey, Lord Elton：一八九二―一九七三。英国の歴史家・作家〕やアルフレッド・ノイズ〔Alfred Noyes：一八八〇―一九五八。英国の詩人・小説家・劇作家〕や「ハイブラウ〔インテリ〕の凋落」に大喜びする『ロンドンタイムズ』の論説委員に見せた場合を考えてみよう、いや実際、「分別のある」芸術嫌いの英国人に見せた場合を考えてみよう。どんな返答が得られるか、容易に想像できる。彼らはダリに長所を認めるのをにべもなく拒むだろう。こういう人たちは、道徳的見地からは堕落していると見えるものが、審美的見地からは適切と見えることがありうるのを認めることができないだけではない。彼らがあらゆる芸術家に真に強く求めているのは、芸術家が彼らの背中を軽く叩いて、思想なんて不要ですよ、と言ってくれることである。で、このような人々は、情報省〔現在の「中央情報局」の前身〕や英国文化振興会〔British Council：英語の普及と英国の生活と文化の紹介を目的とする英国政府後援の組織。一九三四年創設〕が権力を手中に収めている今のような時代においては、非常に危険な存在となりうる。というのも彼らを突き動かしているのは、新しく登場する才能を片っ端から圧し潰すことだけでなく、過去を骨抜きにすることでもあるからだ。この国〔英国〕や米国で今改めて行われているハイブラウいじめの動きに注目せよ。この動きはジョイスやプルーストやロレンスに対して上げられる抗議の声だけでなく、こともあろうにT・S・エリオットに対してさえ上げられる抗議の声をも伴っている。

もしも我々がダリの長所を認めうるような人に話しかけた場合、返って来る答えは、通常、上述の反応より数段ましなどとは言えないものだ。我々が、ダリはデッサンに秀でた画家であるけれど、薄汚い悪党だと言うと、我々は野蛮人と見做されてしまう。我々が腐敗した死骸は好きでないとか、腐敗した死骸が好きな人間は、精神的に病んでいると言うと、審美上の感覚に欠けていると決めつけられる。「タクシーの中の腐敗したマネキン」は構図が良い〔実際良いのだ〕、だから下劣で不快極まる作品ではあり得ないと言うだろう。一方ノイズやエルトンといった徒輩は、下劣な絵だから、構図が良いはずがない、と言うだろう。そしてこの二つの謬見の間に中間の立場はない、いや、中間の立場はあるのだが、それについて我々が話を十分に聞くことはめったにない。一方に文化上のボルシェヴィズムス（Kulturbolschewismus：文化上のソ連流共産主義）がある。他方には「芸術のための芸術」（この句自体は流行遅れだが）がある。ところで猥褻は誠実に議論するのが頗る困難な問題である。人々は、自分がショックを受けているように見えるのをあまりにも恐れているためか、あるいはショックを受けていないように見えるのをあまりにも恐れているためか、いずれにせよ芸術と道徳との関係を明確にすることができないのである。

ダリの擁護者たちがダリを持ち上げて主張しているところのものは、一種の聖職者特権〔通常の裁判所ではなく宗教裁判所の審判を受ける特権。後に初犯では死刑を科せられない特権となった。米国では一七九〇年に、英国では一八二七年に廃止〕であるというのは見て取れよう。芸術家は普通の人々を拘束している道徳律の適用を免除されるべきだとダリの擁護者たちは言っている。「芸術」という魔法の語を発してみよ。すると万事はＯＫとなる。カタツムリが這っている腐敗進行中の死体もＯＫである。少女たちの頭を蹴るのもＯＫである。この上なくスキャンダラスな映画『黄金時代』（L'Age d'Or）〔ルイス・ブニュエルとダリとの共同制作。一九三〇年〕さえＯＫであるということになる。またダリが幾年にもわたってフランスでぜいたくな暮らしをし、フランスが危険な状態に陥るや否や、フランスからネズミのように倉皇《そうこう》として逃げ出すのもOKであるということになる。芸術上の考査に合格するほど上手に絵を描くことができる限り、許されないものは何一つないということになる。

このような姿勢は、通常の犯罪に適用されるとどうなるか、通常の犯罪が行われた場合を想定してみれば、ひどく間違っていることが分かる。我々のような時代において、芸術家が全く別格の人間であるとすれば、芸術家は、妊婦のように、無責任な振る舞いはある程度許されて然るべきである。それでも、妊婦は殺人を犯しても良いと言う人は一人もいないだろうし、芸術家は殺人を犯しても良いなどと主張する者も一人もいないだろう、たとえ芸術家がどんなに才能に恵まれていようとも。仮にシェイクスピアが、この地上に戻ったとして、彼の好みの気晴らしは、鉄道客車内で少女を強姦することであると判明したら、『リア王』の如き作品をもう一篇書くかも知れぬという期待を根拠にして、どうぞやり続けて下さい、と我々が言うはずがない。考えてみれば、最も質《たち》の悪い犯罪でさえ法律上の処罰の対象になるとは限らないという事実がある。が、死体愛好の夢想を掻き立てることは、十中八九、例えば、競馬場でレース中にスリを働くのと全く同じくらい害を及ぼすと言える。二つの事実、すなわちダリはデッサンに優れた画家であるという事実、そして人間としては吐き気を催させる存在であるという事実、この二つの事実を同時に頭に入れておくことができるようでなければならない。前者の事実は後者の事実を無効にしない。あるいは、後者の事実に、ある意味で、作用を及ぼしはしない。ところで、我々が壁に求める第一のことは、立っているということである。立っていれば良い壁ということになる。なるほどこの壁がどんな目的に適うのかという問題は、立っているという事実から一応切り離されうる。けれども世界で最良の壁であっても、その壁が強制収容所を取り囲む壁であれば、解体されるに値するのだ。同様に、こう発言できるようでなければならない。「なるほどこの本は良い本である、あるいは良い絵である。しかし公的絞首刑執行人によって焼却されねばならない」と。そういうことを、少なくとも想像力の中で言えるようでなければ、我々は、芸術家は市民でもあれば人間でもあるという事実に含意されているものを忌避していることになる。

勿論、だからといってダリの自伝、あるいは絵は発売禁止にすべきだということにはならない。地中海沿岸の港町でよく売られていたあからさまに猥褻な絵葉書は別として、何か出版物を発売禁止にするというのはあり得ない政策である。性的空想を逞しゅうしたダリの作品は、恐らく、資本主義文明の衰退を知る上で有益な光を投げかけている。が、彼に明らかに求められているのは健康診断である。問題は彼がどのような人であるかというよりはむしろ、彼はなぜあのようなことをするようになったのかということである。彼の知性が病んでいるということが疑問視されるようなことはあってはならない。そして彼の病める知性は、彼が申し立てているところのカトリック教への改宗で、十中八九、大いに変化させられたなどとは言えない。なぜなら正気を回復した本物の悔悛者、あるいは人々は、おのれの過去の悪徳の数々を、自己満足の体《てい》で見せびらかしたりはしないからである。彼は世界の病弊の徴候である。重要な一点は、彼を馬の鞭で打たれるべき下司《げす》として糾弾したりすること、あるいは疑問視されてはならない天才として擁護したりすることではなくて、なぜあのように常軌を逸した一連の行為を誇示するのか、その理由を見つけ出すことである。

　恐らく、その答えは彼の数々の絵に、そして吟味しようとしても私の手に余る彼の数々の絵に見出されるだろう。とは言え、答えを見出させる立脚地に多分一歩近づけてくれる一つの手がかりを指摘することはできる。それはダリがことさらにシュールレアリストであろうとしない時に、回帰しがちな絵の様式、古風で過度に飾り立てたエドワード朝〔Albert Edward：一八四一―一九一〇。英国王・インド皇帝一九〇一―一〇。ヴィクトリア女王の長男、その在位期間〕の絵の様式である。なるほどダリのデッサンの幾枚かはデューラー〔Albrecht Dürer：一四七一―一五二八。ドイツルネサンス最大の画家・版画家〕を思い起こさせる。また一枚はビアズリー〔Aubrey Beardsley：一八七二―九八。英国の挿絵画家〕、さらにもう一枚にはブレーク〔William Blake：一七五七―一八二七。英国の詩人・画家〕から借用したものがあるように見える。しかしこの上なくしつこく現れる様式はエドワード朝の様式である。初めてダリの自伝を繙き、欄外に描かれた数知れぬ程多数の挿絵を見た時、すぐさま明確にすることはできなかったある類似に妙にひっかかった。私は第一部の最初のページに描かれた装飾用燭台に、ふと目を凝らすに至ったのである。はて、これは何を思い起こさせるのだろうか。遂に私は突き止めた。それは一九一三年頃に出版されたアナトール・フランス〔Anatole France：一八四四―一九二四。フランスの小説家・批評家〕の作品（英訳）のばかでかくて低俗な豪華版を思い起こさせたのである。エドワード朝様式で、ダリの自伝の最初のページには装飾文字で章の表題が記され、ページの下部の余白には装飾カットが入れられていた。自伝に登場する燭台の一方の端には、妙に馴染み深さを覚えさせるもの（これは様式化されたイルカを基《もと》にしているように思われる）、ねじれた魚のような生きものが描かれ、他方の端には燃え立っているろうそくが描かれている。彼の絵に次から次へと現れるこのろうそくは、まさしくお馴染みのものだ。このお馴染みのものを我々は、疑似のチューダー〔一四八五—一六〇三。ヘンリー七世からエリザベス一世までのイングランドの王家の在位期間〕風の建築様式で建てられた田舎のホテルなどで人気の的となっている燭台のように装われた、疑似電灯の光の中で、横倒しに配列された、同一パターンの古びて趣のあるろうそくのろうのしたたり、そのしたたりとともに、目にすることになる。このろうそく、そしてその下方のデザインから感傷性の強烈な感情が伝わって来る。この感情を打ち消そうとするかのように、ダリは、鵞ペンで、インク壺一杯のインクをページ全体にはねかける。が、無駄である。何ページにもわたって感傷性の感情が働いているという印象を与えられる始末となる。例えば、六二ページ最下方のデザインは『ピーターパン』〔ジェームズ・マシュー・バリー（J.M.Barrie）の児童劇。一九〇四年〕のページにそのまま入ってもおかしくない。二二四ページの人物は、その頭骨がばかでかいソーセージのように縦長に伸ばされているにもかかわらず、おとぎ話の中の典型的な魔女であると分かる。二三四ページの馬、そして二一八ページの一角獣はジェームズ・ブランチ・カベル〔James Branch Cabell：一八七九—一九五八。中世の神話を題材にした作品を書いた米国の小説家〕の作品の挿絵であったとしてもおかしくない。九七ページ、一〇〇ページ、その他のページに出て来る相当ににやけた若者のデッサンも同様の印象を与える。古びて趣があるといった感じのものが顔を出し続ける。頭骨やアリやロブスターや電話やその他の道具立てを取り除けてみよ。すると我々は時折バリーやラッカム〔Arthur Rackham：一八六七―一九三九。英国の、おとぎ話の挿絵で有名な挿絵画家〕やダンセニー〔Lord Dunsany：一八七八―一九五七。アイルランドの詩人・劇作家・短篇作家。本名Edward John Moreton Drax Plunkett〕や『虹の終わるところ』〔クリフォード・ミルズとジョン・ラムジー共作の劇。一九一一年以来クリスマスのシーズンに幾度も上演され大成功を収めた〕の世界に連れ戻されているという感じに襲われる。

不思議なことに、ダリの自伝の中のいかにも趣味の悪い筆致の中には、上述の時期と緊密に繋がっているものがある。本論の最初の方で引用したくだり、幼い妹の頭を蹴るというくだりを読んだ時、私は今一つ、幻影のようにかすかにこれと似たものがあることに気づかされた。はて、それはどんなものだったろうか。そうそうハリー・グレアム〔Harry Graham：一八七四―一九三六。英国の児童文学者〕の「無情の家庭への仮借なき押韻詩」である。こういう押韻詩は一九一二年頃、頗る人気があった。その一つは次のようになっている。

可哀そうに　ウィリーは泣きじゃくってる、
悲しんでるんだ、あの小さな男の子は、
小さな妹の首を折ったからだ
午後のお茶の時、ジャムを出してもらえないんだよ。

こういったことがダリの逸話の一つとして見出されたとしても不思議ではない。ダリは、勿論、エドワード朝へのおのれの偏愛に気づいている。で、その偏愛は、事実上パスティーシュ（諸作品からの借用からなる寄せ集め作品）が作られるような塩梅に、最大限利用されている。確かに彼は一九〇〇年という年への格別な愛着を明言している。一九〇〇年に作られた装飾品はすべて神秘、詩、エロティシズム、狂気、倒錯などに満ちていると主張している。しかしながらパスティーシュは、通常、パロディー化されたものへの本物の愛着を含意しているのだ。知的性癖が非合理的な衝動、方向が同一の、子供に特有の衝動をさえ伴うというのは、通則ではないとしても、とにかく明らかに普通のことであるように思われる。例えば、彫刻家とは、確かに平面や曲線に興味を抱いている者のことである。が、彼はまた、粘土や石をいじくるという身体的動作を楽しむ人でもある。技術者とは道具の感触や発電機の音や油の臭いを楽しむ人のことである。精神科医とは、通常、彼自身性的倒錯への傾向を有している人のことである。ダーウィンが生物学者になったのは一つには、郷紳（田舎に土地をもち広大な家屋敷に居住する貴族階級の人）だったからであり、また一つには動物が好きだったという単純な理由からである。それゆえダリの、一見したところエドワード朝のものへの倒錯的崇拝（例えば彼が行った「一九〇〇年の地下鉄の諸入口の発見」）は、さほど意識されていないだけに、なおさら深い愛着の徴候に他ならないと言ってもいいかもしれない。見事に仕上げられた教科書用の無数の挿絵の複写をもったいぶって「ナイチンゲール」（le rossignol）だの、「腕時計」（une montre）だのと呼び、それらをページの余白全面にわたってまきちらしているのだ。一つには、冗談のつもりで、やらかしているのかもしれない。一〇三ページの、ディアボロ（ひもの両端を固定した二本の棒を操って鼓形のこまを回し、ひもの上でバランスを取ったり、投げ上げて受け止めたりする）遊びをしているニッカーボッカー（膝の下でくくるゆったりした半ズボン）を穿いた幼い男の子は、完璧にこの時期〔一九〇一―一〇年〕を表すものである。が、そうしたものがそこにあるのは、恐らくダリがそうした類いのものを描かずにはいられないからでもあり、ダリが本当に属しているのはこの時期であり、このような様式の描き方だからであろう。

だとすれば、彼の数々の常軌を逸した行為はいくらか、説明可能である。多分それらは、自分は凡庸ではないとおのれ自身に確信させる一つの方法であろう。ダリが疑いもなくもっている二つの素質はデッサンを描く才能と鼻持ちならないエゴイズムである。『自伝』の最初の段落で、彼は「七歳の時、私はナポレオンになりたいと思った。私の野心はそれ以後間断なく高まり続けている」と語っている。こういうことが意図的に、鬼面人《ひと》を驚かすように述べられている。これは疑いもなく実質上事実に基づいて述べられている。そんな発言をする時の感情はごくありふれたものだ。かつて私に向かってこう語った人がいる。「私は自分が天才であるということが分かっていた。何の天才となるのかが分かるよりずっと前から」。で、もしも君の内面にはエゴイズムと人を押しのけて発揮される体の器用さしかないとしたら、またもしも君の真の才能が細密で、形式偏重で具象第一主義的なデッサンの様式で挿絵を描くことであるとしたら、君の真の職業は、科学の教科書の挿絵画家であるということになる。では、そういう君はどうやってナポレオンになるのかね。

邪悪さへと逃れる道がつねに一つ存在する。それはいつも人々にショックを与え、人々を傷つけるようなことをすることだ。五歳の時、いとけない男の子を橋から投げ落とす。年老いた医師の顔面を鞭で叩《はた》き、そのめがねを壊す――あるいは、ともかく、そういうことをやってのけようと夢想する。二〇年後には死骸となったロバの両眼をハサミで抉り出す。そういうことをやってのけていれば、君はいつも自分自身を独創性のある者と感じることができる。そして、つまるところ、そういうことをするのは割に合う！ それは法律上の犯罪より危険度は低い。

ダリの自伝が十中八九、被ったと推測される、官憲による本の一部削除を斟酌しても、もっと前の時代だったら、その数々の奇矯な言動ゆえに受けたであろう抑圧など全く受けずに済んだという点で、ダリがなんとも安楽な状態にあったことは、歴然としている。彼は成人の域に達すると、一九二〇年代の腐敗した世界に入った。この二〇年代においては洗練された言動が途轍もなく広範囲に行き渡り、ヨーロッパのすべての国の首都にはスポーツや政治の道を諦めて芸術の保護に専心する不労所得生活者や貴族が群がっていた。もし君がロバの死骸をこの人たちに投げつけたら、彼らは御礼として金を投げてよこしたのだ。バッタ恐怖症――バッタは二、三〇年前だったら単ににやにや笑いを引き起こしたに過ぎないだろう――が今や、うまく利用すれば利益をもたらしうる売り物、すなわち「強迫観念《コンプレックス》」となった。そして、この特異な世界が、ナチスドイツ軍の侵攻の前で崩壊した時、米国が手ぐすねを引いて待っていたのだ。人は、パリの上流社会のサロンからアブラハムの懐《ふところ》〔貧しいラザロは迎え入れられたが、陰府《よみ》で苛まれている金持ちたちは迎え入れられることが絶対にない、天国のアブラハムの懐。『新約聖書』「ルカによる福音書」一六章一九―三一節〕に向かって、一回片足跳びをし、微塵も悔い改めなどせずに、その懐に入るために、カトリック教への改宗をもってすっかり仕上げをするという芸当さえやってのけることができたのだ。

以上が、恐らくダリの経歴の本質に触れたと言える概略である。が、どうして彼の正道を外れた行為の数々が紛う方なく奇矯なものとなっているのか。そして腐敗した死骸。あのようにおぞましいものを洗練された人々に「売る」のがかくも容易なのか――こういったことは心理学や社会学の批評家向きの問題である。一方、マルクス主義者たちは、シュールレアリスムのような現象を短絡的に論じている。そういう現象は「ブルジョアの退廃を示すものだ」（「死体は害毒を流す」とか「腐敗した不労所得者階級」などという句がおおげさに使われている）。こういった論じ方で一件落着というわけだ。が、こういう論じ方は多分一つの事実は述べてはいるけれども、どうしてそうなるのかは明確にしていない。我々は、依然として、なぜダリの好みは死体愛となっているのか（例えば同性愛になっているのではなくて）、なぜ不労所得者や貴族は彼らの父祖たちがしたように、狩りをしたり、女性に言い寄ったりなどせずに、ダリの絵を買いまくるのかを知りたいと思っている。単に道徳的に是認できないと言うだけでは埒が明かない。一方、「超然とした態度」の名において、「タクシーの中の腐敗したマネキン」のような絵は道徳的に中立の立場で観るべきだなどとおのれ自身を偽って、主張したりしてはいけない。こうした絵は病んでいるのであり、吐き気を催させる。こうした絵の吟味は、この一事から出発すべきである。

（一九四四年）

三　ナショナリズムについての覚書

Notes on Nationalism

バイロンはどこかでフランス語のlongueur《ロングール》（冗長さ）という語を用い、ついでに、英国には、たまたまこの語はないが、この語で表されているものは、夥しくある、と述べている。これと似たようなことだが、当今あまりにも広範囲に行き渡っているので、およそどんな問題が取り上げられる場合にも、我々の思考に影響を及ぼすが、名がつけられていない知性の習癖がある。現在この知性の習癖に最も近い意味を表している語として、私は「ナショナリズム」を採《と》った。が、すぐに明瞭になることだが、これから俎上に載せようとしている感情がネーション——一つの民族、一つの地理学上の地域——と呼ばれるものに結びつくとは限らない、という理由だけからでも、私はこの語を通常の意味で使おうとは思っていない。第一にこの語は教会や階級と結びつきうるのである。あるいは単に否定的な意味合いで、あれやこれやの問題に反対するという場合にも機能を発揮するのであり、その場合は、肯定的に捉えられるものとして、忠誠の対象をわざわざ持ち出すには及ばない。

ナショナリズムで私が第一に意味しているのは、人間は昆虫のように分類されうるとか、幾百万、あるいは幾千万という人間がまるごと「善」あるいは「悪」のレッテルを自信をもって貼られうると決めてかかる習癖のことである。* しかし第二に——これが第一のよりはるかに重要なのだが——人がおのれをたった一つの種族、あるいは種族以外の権力単位と一体化させ、そういったものを善悪を超えたところに置き、そういったものを利するところのものを推進するという義務以外の義務を認めない習癖を意味している。ナショナリズムを愛国心と混同してはならない。この二語はひどくあいまいな仕方で用いられているので、定義づけには異議が申し立てられがちである。が、両者は峻別されなければならない。なぜならこの二語には二つの異なった、いや相反しさえする考えが含まれているからである。「愛国心」で私が意味しているのは、特定のある地域、特定のある生き方への献身のことである。この場合、そういう献身を世界で最良のものと信じてはいても、それを他の国民に押しつけようとはしないのである。愛国心は本質上、軍事面でも文化面でも自衛的なものである。他方、ナショナリズムは権力欲と切り離され得ない関係にある。あらゆるナショナリストの不変の目的は、おのれ自身の権力と威信ではなく、おのれの個としての存在をそこに埋めることに決めている種族の権力と威信、あるいは種族以外の権力単位の、権力と威信を拡大強化することである。

*——国民、それからカトリック教会やプロレタリア階級のような実体の輪郭がはっきりしないものでさえ、通常個体と見做され、sheで表される場合が多い。また「ドイツは裏切りを本質としている」といったような、明らかに愚劣な発言がどの新聞を開いても見出されうる。さらに、国民性につい

てもむちゃな一般化（例えば「スペイン人は生まれながらの貴族である」とか「英国人はみな偽善者である」）は殆どすべての人によってなされている。こういう一般化は根拠を有しないという見方が断続的に示されはするが、一般化の習癖は根強く存続する。国際的な視野の持ち主であると公言しているトルストイやバーナード・ショウも一般化をやらかしている場合が多い。

ナショナリズムがドイツや日本やその他の国々の悪名高い、すぐに見分けがつくナショナリズムの運動にのみ適用されている限り、上述のことはすべて十分明瞭に看取される。確かに、外側から観察可能なナチズムのような現象に直面した場合、我々はほぼ一人残らず、だいたい同じことを述べるだろう。しかし「ナショナリズム」という語は、これよりもっと適切な語が見つからないので使っているに過ぎないと、本論の冒頭で述べたことを繰り返して言わなければならない。私が今拡大された意味で使っているナショナリズムは、共産主義、政治偏重のカトリシズム、シオニズム〔国家統一のためユダヤ人のパレスチナ復帰を目指した運動。建国後はイスラエル国支持運動〕、反シオニズム、トロツキー主義、平和主義といった運動や傾向をも包含している。それはある政府やある国への忠誠を必ずしも意味しない。まして、おのれの生まれ育った国への忠誠を意味するはずがない。ところでナショナリズムが連関している諸権力単位が現実に存在することは、厳密には必要とさえされていないのである。すぐさま分かる例をいくつか挙げてみる。ユダヤ民族、イスラム教国、キリスト教国、プロレタリア階級、白人種等はすべて熱烈なナショナリズム的感情の対象になっているが、これらのものの存在には本気で疑問符を打つことができる。これらの中のどれか一つに関して、普遍的に受け入れられるような定義など存在しないのである。

ナショナリスト的感情はまた、否定を専らにする場合がある。これは、今一度強調されるに値する。例えば、USSR（ソヴィエト社会主義共和国連邦。一九二二―九一）に対して、一途に敵意を抱くに至ったトロツキストたちがいる。この場合、他の〔おのれが属している権力単位以外の〕どんな権力単位に対しても、それ相応の忠誠心が生み出されるということはないのである。こういう事例の意味合いを把握すれば、私の言うナショナリズムの本質が格段に明瞭になる。ナショナリストとは専ら、あるいは主として、威信の競い合いの観点からしか物事を考えない人のことである。ナショナリストには肯定を専らにする場合と否定を専らにする場合とがある――すなわちナショナリストは知的エネルギーを、支援という形で〔おのれの属している権力単位への支援という形で〕用いるか、中傷という形で〔敵対している権力単位への中傷という形で〕用いるか、いずれかを事とする――が、とにかく、ナショナリストの思考は、つねに勝利、敗北、凱旋、屈辱といった軸を中心にして回転する。ナショナリストは歴史、とりわけ現代史を巨大権力という単位の、果てしない興隆・衰亡と見做している。あらゆる出来事は、おのれがついている側が上昇傾向にあり、憎むべき敵側は下降傾向にあることを明示するものとなる。けれどもナショナリズムを単なる勝ち組崇拝と混同しないことは決定的に重要である。ナショナリストは単に最強の側に加担するのを原理として活動しているのではない。とんでもない。ひとたび自分が味方すべき側はこれだ、と決めると、ナショナリストはそれを絶対に最強であると自らに言い聞かせるのである。そして諸事実が圧倒的にその見方を否定するようになっても、彼はこの信仰にしがみつくことができる。ナショナリズムとは自己欺瞞で調節された権力渇望のことである。なるほどナショナリストはみな目に余るほどの不誠実を発揮しうる。しかしナショナリストは、自分は正しいと揺るぎなく確信しているのだ——というのも彼は自分よりも偉大なものに仕えていると意識しているからである。

以上のように長々と定義を与えてきたから、ここで私が取り上げている知性の習癖は英国の知識階級の間で広範囲に、一般大衆の間においてよりも広範囲に拡がっているということは、認められると思う。若干のテーマは威信重視によって汚染されているがゆえに、それらのテーマに真に理に適ったやり方でアプローチするのは、当今の政治に深く思いを致している人々には、殆ど不可能となっている。何百もの問題の中から、一つ、次のようなものを例として取り上げてみたらどうだろうか。同盟関係にある三大国、ソヴィエト社会主義共和国連邦、英国、米国の中で、ドイツの敗北に最も貢献したのはどの国であるか、という問題である。理論的にはこの問題に、道理に基づいた、そして恐らく決定的でさえある答えを出すのは可能であるはずだ。しかしながら、実際のところ、必要な考察は為され得ない。なぜならこういう問題で頭脳を働かせる可能性の高い人が、威信の競い合いの観点からこの問題を見るのは不可避であると思われるからである。それゆえ、こういう人は、事情に応じて、ソ連、英国、米国のどちらを支持するかを決めることをもって出発点とし、それから、初めて彼は自分の立場の支えとなると思われる論拠を探し始めるということになろう。実際、この問題と類似性で繋がっている問題がわんさとあるのだ。ところで、そういう問題に対する誠実な答えは、複雑に入り組んだ問題全体を突き放して見る人からしか得られない。ところが、そういう人の答えは、十中八九、役に立たないとして片づけられるのが落ちなのだ。そういう次第で、こういうことから派生するようにして、我々の時代の政治上、軍事上の予測の失敗が、注目すべき形で生じるということにもなる。政治面、軍事面でのあらゆる学派のあらゆる「専門家」の中で、一九三九年の独ソ不可侵条約の締結という起こる可能性の高かった出来事を予測できた者がたった一人もいなかったというのは、振り返ってみるとなんとも奇妙である。* この締結のニュースが突然流れた時、この上なく隔たった説明がいくつかなされた。それから、さらに予測がいくつかなされたのだが、それらは誤りであることが殆ど即座に立証された。ほぼすべての場合に、蓋然性の研究に基づいてではなく、ソ連を善に仕立てるか、悪に仕立てるか、強大国に仕立てるか、弱小国に仕立てるか、いずれかに仕立てたいという欲求に基づいて、予測はなされていたからである。政治評論家、軍事評論家は占星術師のように、予測という点で殆どあらゆる過ちを犯しても、結構うまくやっていけるものだ。なぜなら彼らを熱烈に支持している者たちは彼らに事実の評価を期待しているのではなく、ナショナリズムと結ばれた忠誠心を刺激してくれるのを期待しているからである。** 審美上の判断、とりわけ文学上の判断は、政治上の判断と同様に、損なわれる場合が多い。インドのナショナリストはキップリング〔Rudyard Kipling：一八六五―一九三六。英国の詩人・小説家。インドを背景にした小説を多数発表〕の作品を愛読するのは困難と思うだろうし、保守派の人はマヤコフスキー〔Vladimir Vladimirovich Mayakovsky：一八九三

―一九三〇。ソ連の詩人。前衛運動の旗手。ソヴィエト体制の確立に伴い孤立。ピストル自殺〕の作品に長所を認めるのは困難と思うだろう。おのれの同意できない傾向を蔵している作品は、文学上の観点から見ても劣悪であるに違いないと主張したい誘惑につねに陥る。ナショナリズム的見方を強く持している人たちは、しばしば、不誠実を犯していると意識することなく、こういった類いの誘惑に陥り、手管を弄するようになる。

＊――ピーター・ドラッカー〔Peter Drucker：一九〇九―二〇〇五。オーストリア生まれの米国の経営学者・経営コンサルタント。一九三三年ナチスに追われて渡英、三七年渡米〕のような保守的傾向を有する二、三の作家は、独ソ間の協定を予言していた。しかし彼らは本格的な同盟あるいは融合が実現すると予言していたのである。マルクス主義者やその他の左翼の作家は、どの派の者も、この条約を予言していたとはとても言えない。

＊＊――大衆紙に登場する軍事評論家は、たいていの場合、親ソか反ソか、親英軍か反英軍かに色分けされうる。マジノ線〔フランスが対ドイツ防衛線として国境に構築した要塞線。当時のフランスの陸相マジノの建議により、九年の歳月を費やして建設されたこの要塞線は一九四〇年ドイツ軍に突破された〕は難攻不落であると信じたところから生じた誤り、あるいはソ連は三か月でドイツを征服するという予測などは、これらの軍事評論家の評判を落としはしなかった。なぜなら彼らは彼らに信服している読者が読みたいと思っていることをつねに書いていたからである。知識階級に愛好されていた軍事評論家を二人挙げるとすれば、一人はリデル・ハート大尉〔Sir Basil Henry Liddell Hart：一八九五―一九七〇。英国の軍事科学者。空軍力の重要性を主張〕であり、もう一人はフラー少将〔J. F. C. Fuller：一八七八―一九六六。英国の陸軍将校〕である。前者は防衛は攻撃よりも強い力を発揮すると説いている。後者は攻撃は防衛よりも強い力を発揮すると説いている。この矛盾する見方は同じ読者大衆によって二人が権威者であると認められることを妨げはしない。左翼の連

中の間で二人が人気を博している密かな理由は、二人とも陸軍省と対立関係にあるというところに存する。

英国でナショナリズムに絡めとられた連中をざっと眺めてみると、ナショナリズムの支配的形態は、大方、時代遅れの英国流好戦的愛国主義であると我々の目には映る。この主義は依然広範囲に及んでいるということ、実際一二、三年前にたいていの評論家が認めたであろうよりも広範囲に及んでいるということは、確かなことである。しかしながら本論で私は主として知識人がナショナリズムに対してどういう姿勢を保っているかということを取り上げようとしている。知識階級の間で、好戦的愛国主義や旧い型の愛国心は殆ど死に絶えている。もっとも少数派の知識人の間では息を吹き返しつつあるように見えるのだが。知識階級の間で支配的形態のナショナリズムが共産主義であるというのは――共産主義という語を、単に共産党員だけでなく、「同行者」や親ソ派をも含めて、頗るゆるやかな意味で使えば――殆ど論を俟《ま》たない。ところで、本論で言う共産主義者とは、ソ連を祖国と見做し、ソ連の政策を正当化し、ソ連の利益になることを万難を排して推し進めようとする者のことである。今日そういう手合いが英国に夥しくいるというのは明らかである。そういう人間が直接的、間接的に及ぼす影響は甚大である。が、それ以外の形態のナショナリズムも栄えている。さまざまに異なっている、いや一見相反しているように見える思想の流れには相似している点があるということに着目することによって、ナショナリズムの問題をこの上なくうまく俯瞰することができる。

一昔、あるいは二昔前、今日の共産主義に形態上、最も類似していたナショナリズムは、政治偏重のカトリック教である。カトリック教の際立った唱道者はG・K・チェスタートン〔Gilbert Keith Chesterton：一八七四―一九三六。英国のエッセイスト・批評家・小説家。Father Brown（ブラウン神父）が主人公の一連の探偵小説で有名〕であった――もっとも彼は恐らく典型的な唱道者というよりはむしろ過激な唱道者であったのだが。チェスタートンは、ローマ・カトリック教会の宣伝のためにおのれの感受性と知的誠実を抑えようと、意を決していたかなり才能のある作家であった。人生最後の二〇年かそこら、彼の全産出物は、実際のところ、骨折って発揮された才気の産出した同一物、すなわち「偉大なるかな、エフェソス人のアルテミス〔ディアナ〕」と、エフェソス〔小アジア西部の古代都市。アルテミスの神殿の所在地〕の銀細工師たちが発し続けた言葉〔『新約聖書』「使徒言行録」一九章二八、三四節〕のように単純で退屈な同一物の果てしない繰り返しであった。彼の著した本のすべて、段落のすべて、文のすべて、全短篇で起こる出来事のすべて、そして対話の中の片言隻語のすべては、プロテスタントや異教に対するカトリック教の優越性を明確に示すものでなければならなかった。そしてこの明示は誤りの可能性を超えているとされていた。が、チェスタートンはこの優越性を単に知性の面、精神の面での優越性と見做すことで満足などしていなかった。この優越性は民族の威信や軍事力に翻訳され、その観点からも述べられなければならなかった。これによって引き起こされたのはラテン語系諸国、とりわけフランスを理想化するという無知な試みであった。チェスタートンは長年フランスに住んでいたわけではない。彼のフランス像――赤ワインを飲みながら絶え間なくラ・マルセイエーズ〔フランス国歌〕を歌っているカトリックの農民の住んでいる国――と現実世界との間のつながりはチュ・チン・チョウ（Zhuzhow）〔中国中部、湖南省東部の都市〕がバグダッドの日常生活との間に保っているつながりとほぼ同程度のものだ。そしてこれと並行して彼は単にフランスの軍事力を度外れに過大評価しただけでなく（彼は一九一四―一八年の世界大戦前も、大戦後もフランスは、フランス一国で、ドイツよりも強大であったと断言した）、大戦の実際の進行状況を愚劣で低俗な調子で賛美したのである。チェスタートンの「レパント」とか「聖バーバラのバラッド」とかいう詩は、テニスン〔Alfred Tennyson：一八〇九―九二。英国の詩人〕の「軽騎兵隊の突撃」〔クリミア戦争中での英騎兵隊の突撃（一八五四）をうたった詩（一八五五）〕を、反戦パンフレットと読ませるほど、好戦的である。チェスタートンのこれらの詩は国語で書かれた詩の中で、恐らく最も安っぽくて野卑な大言壮語を連ねたものと言える。興味をそそられるのは、常日頃フランスやフランス軍について彼がロマン派の流儀で書き散らしていた駄文に類するものを、もしも誰か他の人が英国や英軍について書いたとしたら、彼はいの一番に嘲っただろうということである。国内政治においては、彼は小英国主義者で、好戦的愛国主義と帝国主義を憎悪していた。そして彼一流の見識に従って、民主主義の真の友であった。けれども国際分野の方へ目を向けた時、それと気づくことさえしないで、おのれの原則を棄てることができたのである。かくして民主主義の長所への彼の殆ど神秘的な信仰は、ムッソリーニを賞賛するのを妨げなかったということになる。ムッソリーニは、チェスタートンが英国内でその擁護に頗る真剣に努めていた代議政体と言論の自由を破壊したのであるが、ムッソリーニはイタリア人であり、イタリアを強国にした。チェスタートンにとって、それで一件落着ということになった。さらにチェスタートンは帝国主義や有色人種に対する征服行為がイタリアやフランスによって為された場合は、反対の言葉を全く一語も発しなかった。彼の現実把握、彼の文学趣味、そしてある程度まで彼の道徳的感覚でさえ、ナショナリズム的忠誠心が絡んでくるやいなや、狂わされたのである。

チェスタートンによって体現されている政治偏重のカトリック教と共産主義との間にはかなり類似点があるというのは明白である。そこで、この二者のうちのいずれかを取り上げて、これを例えば、スコットランドナショナリズム、あるいはシオニズム、あるいは反ユダヤ主義、あるいはトロツキー主義と向かい合わせると、類似点がかなりあるということが分かる。なるほどあらゆる形態のナショナリズムは、その知的雰囲気においてさえ、同一であると言うのは過度の単純化であろう。しかしナショナリズムのすべての形態に当てはまる法則のようなものが若干ある。次に挙げるのはナショナリズム的思考の主要な特徴である。

妄執

ナショナリストが、おのれの属している権力単位の優越性を抜きにして、どんなことについてでも、考えたり、話したり、書いたりすることは到底できない。ところでいかなるナショナリストにとっても、おのれの忠誠の対象を隠すのは不可能ではないとしても、困難である。おのれの属している権力組織への中傷はたとえどんなに軽微なものであっても、あるいは敵対している組織に対する賞賛はたとえ暗示程度のものであっても、何か辛らつに応酬することによってしか解消され得ない不安感で彼の胸を満たす。もしも忠誠の対象として選んだ権力組織が現実に存在する国、例えばアイルランドとかインドのような国であれば、彼は、その国は単に軍事力や政治上の美徳においてだけでなく、美術、文学、スポーツ、言語の構造、住人の肉体的美においても、そして恐らく気候や自然の風景においてさえ、他に優越していると、多くの場合、主張する。国旗の正しい掲揚の仕方とか、新聞の見出しが他国を扱っているのと比べて大きいか小さいか、さまざまな国が列挙される場合の順序がどうなっているかにやけに敏感であることをさらけ出すだろう。*ナショナリストの思考において名称は非常に重要な役割を果たしている。独立を勝ち取った国、あるいは革命を経験した国は通常国名を変える。強烈に渦巻いている感情のただ中にある国、あるいはそれ以外の権力単位は、名称をいくつか帯びる可能性が高い。その名称はそれぞれ異なった意味合いをもっている。スペイン内乱〔一九三六―三九〕における二つの勢力〔フランコの率いる右翼勢力と人民戦線政府〕が掲げていた名称、愛や憎悪の表出の度合いがさまざまに異なっていた名称は、両者のものを合わせると九ないし一〇に達していた。これらの名称のいくつか（例えばフランコ支持を表す「愛国者」、人民戦線政府支持を表す「共和制支持者」）は、率直に言って、論点を回避する体のものである。ところで敵対し合う二つの勢力が意見の一致を見出し得たであろう名称はたった一つもなかった。

＊――若干の米国人は「アングロ・アメリカン」という二語の通常の結合の仕方に、不満を表出した。「アメリコ・ブリティッシュ」というふうに置き換えてはどうかと提案されている。

ナショナリストはみなおのれの国の言語を、敵対する国の言語にとって不利になるように、広めるのを義務と見做している。そして英語を母国語としている人々の間で、このような闘いは、方言〔英国英語、米国英語〕間の闘いとして微妙な形で現れる。英国嫌いの米国人は、俗語表現が英国に源を有すると分かると、使用を拒む。ラテン語の語句を愛用する者とドイツ語の語句を愛用する者との争いの背後には、しばしば、ナショナリズムに発する動機がある。スコットランドのナショナリストはスコットランドの低地地方〔スコットランド南部・中部・東部〕の優越性を主張する。階級憎悪の形態を取るナショナリズムを奉じている社会主義者は、ＢＢＣの発音の仕方を手厳しく非難する、half、can't、laughなどの〔a:〕音さえ手厳しく非難する。こういう例はいくらでも挙げることができる。ナショナリストの思考は共感呪術信仰（belief in sympathetic magic）――政敵を人形にして、これを焼く、あるいは政敵の肖像画を的に仕立ててこれを射的場で用いるという広範囲に行き渡った慣習に恐らく由来する信仰――の色合いを帯びているという印象を与える場合が多い。

不安定

ナショナリストの忠誠心は強烈に抱かれてはいても、その強烈さは、忠誠心が移し替えられうることを妨げはしない。まず第一に、前にも触れたように、忠誠心はよその国に確固として向けられうるし、また実際しばしば向けられている。国の偉大な指導者たち、あるいは国民的運動の創始者たちが、彼らが称えている国の出身者でさえないということはざらにある。根っからの外国人であるという場合だってある。あるいは国籍がはっきりしない周辺地域の出身者であるという場合もある。例を挙げると、スターリン〔ジョージア生まれ〕、ヒットラー〔オーストリア生まれ〕、ナポレオン〔コルシカ島出身〕、デ・ヴァレラ〔Éamon de Valera：一八八二—一九七五。アイルランド共和国首相（一九三二—三七、五一—五四、五七—五九）、大統領（一九五九—七三）米国生まれ〕、ディズレーリ〔Benjamin Disraeli：一八〇四—八一。英国の首相（一八六八、七四—八〇）。英国に帰化したユダヤ人の息子〕、ポアンカレ〔Raymond Poincaré：一八六〇—一九三四。フランスの大統領（一九一三）。フランス東部のムーズ県バール・ル・デュック生まれ〕、ビーバーブルック〔William Maxwell Aitken Beaverbrook：一八七九—一九六四。カナダ生まれの英国の新聞発行者・保守党政治家〕。汎ゲルマン主義運動〔一九世紀の全ドイツ民族を単一の政治体または国家に統合しようとした思想・運動〕の創始の一端を担ったのは英国人ヒューストン・チェンバレン〔Houston Chamberlain：一八五五—一九二七。英国生まれのドイツの哲学者。アーリア人の文化的、人種的優越性を主張した〕であった。過去五〇年間、あるいは一〇〇年間、忠誠の対象の移し替えを特徴とするナショナリズムは、文学者・知識人の間でごく普通に見られた現象である。ラフカディオ・ハーン（小泉八雲）〔Lafcadio Hearn：一八五〇—一九〇四〕の場合、移し替えは日本に対して為された。トマス・カーライル〔Thomas Carlyle：一七九五—一八八一。スコットランド生まれの評論家・思想家・歴史家〕や当時の他の多くの文学者・知識人の場合は、ドイツに対して為された。我々の時代においては、通常ソ連に対して為されている。しかし、とりわけ興味深いのは、再移し替えもまた可能であるということだ。長年、崇拝の対象になっていたある国〔外国〕、あるいは権力単位が突然厭わしいものになり、どこか別の国、あるいは別の権力単位が愛好の対象になるということが殆ど間を置かずに行われたりする。H・G・ウェルズ〔H. G. Wells：一八六六―一九四六。英国の小説家・著述家〕の『世界史概観』の第一版では、またその頃彼が書いた他の著作においても、今日ソ連が共産主義者によって途方もなく賛美されているように、殆どそれと同じくらい途方もなく熱烈に米国が賛美されていた。けれども二、三年も経たないうちに、この没批判的な賛美は敵意に変じたのである。偏屈な共産主義者が数週間、いや数日間のうちに立場を急変させ、同じように偏屈なトロツキストに変ずるというのは、ごく普通に見られる光景である。ヨーロッパ大陸において、ファシストの運動は主として共産主義者たちからリクルートされた者たちによって行われた。それとは逆の過程が、二、三年以内に、生じたとしても不思議ではない。ナショナリストの内部で変わらずに保たれているのはナショナリストに特有の精神構造であり、ナショナリストの感情の対象は変わりうるのである。そして、その対象は架空のものでもありうる。

　しかし知識人にとって、忠誠の対象の移し替えは、前にチェスタートンを取り上げた時に手短に言及しておいた重要な機能を帯びる。この移し替えによって、知識人はナショナリズムにいよいよ深く浸ることができる――彼の母国、あるいは彼が昔から本当によく知っている何らかの権力単位に味方し得ていた時よりも、いよいよ低俗になり、いよいよ愚劣になり、いよいよ悪意で内面を満たし、いよいよ不誠実になることができるのである。かなり高度の知力を有していながら影響を受けやすい質《たち》の人たちによって、スターリンや赤軍などについて書き散らされた奴隷根性まるだしの駄文、あるいは得意がって綴られた駄文を見る時、こうしたことはある種の精神的脱臼が起こった場合にのみ可能であるということが分かる。我々が生息しているような社会において、知識人と称せられうる者がおのれの国に深い愛着を覚えるのは異常なこととなっている。世論——すなわち知識人としての彼が気づいている世論の一部分——は、彼がそのような愛着を覚えるのを許さないのである。彼を取り巻いている人々の大方は、懐疑主義的態度を持し、政府に不満を抱いている。そこで知識人が模倣癖から、あるいは純然たる怯懦から、同様の態度を取るということはありうる。知識人は最も手近にあるナショナリズムの形態〔愛国心〕を放棄する。その結果、本物といえる国際的見方には一歩も近づけないということになる。それでも知識人は、祖国をもつことの必要性を感じている。そしてその祖国を、どこか自国以外のところに探し求めるということが自然に起こる。で、そういう祖国をひとたび見出すと、自分がそれから解放されたと信じているまさにそういう感情に度を過ごしておぼれるということになる。神、国王、帝国、英国国旗——彼が打ち壊した一切の崇拝物が異なった名称を帯びて再出現することになる。それらはあるがままの状態で認められていないがゆえに、良心に疚しさを覚えることなく、崇拝されるということになるのだ。移し替えられたナショナリズムは、贖罪のヤギが用いられて救済される場合のように、おのれの行状〔精神構造〕を変えることなく、救済を達成する道なのである。

現実への無関心

ナショナリストはみな、類似性で繋がっている事実の間に類似性を認めないという能力の持ち主である。英国の保守党員はヨーロッパでの民族自決は認めるが、何ら矛盾を覚えずに、インドの民族自決には反対する。行動はそれ自体の価値によってではなく、誰がそれを為したかによって、善と見做されたり、悪と見做されたりする。非道な行為は、どんな種類のものでも——例えば拷問、人質の利用、強制労働、民族の大量強制送還、裁判抜きでの投獄、文書の偽造、暗殺、民間人に対する爆撃といったものでも——「我々の側」によってなされた場合には、その道徳的色合いが変わらないものは殆ど一つもない。自由党系の『ニュース・クロニクル』誌は衝撃的な蛮行としてドイツ兵に絞首刑にされたソ連兵の写真を幾葉も載せた。それから二、三年後、ドイツ兵がソ連兵に絞首刑にされるところを撮った殆ど同工の写真を、熱い賛意を表して載せたのである。*

*——『ニュース・クロニクル』誌は読者に、この絞首刑を始めから終わりまでクローズアップで、つぶさに見ることのできるニュース映画を観に行くよう勧めた。『スター』紙は、対独協力者の、全裸に近い女性がパリの群衆に虐げられているところを撮った写真を、賛意を表していると受け取れる仕方で、幾葉も載せた。これらの写真は、ユダヤ人がベルリンの群衆に虐げられているところを撮ったナチスの写真と酷似していた。

歴史上の事件も同様の扱いを受ける。歴史は主としてナショナリズムの観点から捉えられるのだ。歴史は異端審問〔カトリック教会が異端者を追及・処罰するために行った裁判。一三世紀以降南ヨーロッパを中心に広く行われた〕、「星の間」〔一四八七年に法的に確立され、一六四一年に廃止された英国刑事裁判所。陪審を用いず、専断と厳罰をもって知られた。ウェストミンスター寺院の「星の間」（Star Chamber）で行われた〕での拷問の数々、英国の海賊の手柄（例えばサー・フランシス・ドレーク〔Sir Francis Drake：一五四三頃―九六。英国の提督・海賊〕はスペイン人の囚人を生きたまま海に沈める習癖があった）、恐怖時代〔フランス革命中、ジャコバン党の独裁政治が狂暴を極めた一七九三年九月頃から一七九四年七月までの期間。この間に一七〇〇〇人がギロチンで処刑された〕、インド大反乱〔一八五七―五八〕で幾百人ものインド人を爆殺した英軍の英雄たち、アイルランド女性の顔を剃刀で深く切りつけたクロムウェル〔Oliver Cromwell：一五九九―一六五八。英国の政治家。ピューリタン革命で議会軍を指揮して国王軍を破り、チャールズ一世を処刑し、共和制を樹立。軍事独裁を行った〕の議会軍の兵士たち。こういった事件に関連する事実は、自分たちの側の「正しい」大義を掲げて行われたと思われる場合は、道徳的に是非を論じることのできないもの、あるいは賞賛に値するものとさえなる。過去四半世紀を振り返ってみると、世界のどこかの地域から残虐行為が報じられなかった年は殆どなかったということが分かる。けれどもこれらの残虐行為――スペイン〔スペイン内乱中フランコ派、人民戦線政府側双方によって残虐行為が行われた〕、ソ連、中国、ハンガリー、メキシコ、アムリッツァル〔一九一九年四月一三日、英軍によるインド人大虐殺が起こったパンジャーブ州の都市〕、スミルナ〔現イズミル。トルコ軍によるアルメニア人虐殺が起こったトルコ西部の都市〕――が英国の知識人によって、全体として信じられ、そして非難されたということはたった一度もなかった。そういう残虐行為が非難されるべきものとされるか、あるいはそもそも起こったとされるかどうかさえも、つねに政治的偏愛に従って決められるのである。

ナショナリストはおのれの側によって為された残虐行為は認めないだけでなく、それらについての話は、これを聞き流しさえするという驚嘆すべき能力の持ち主である。まる六年間英国のヒットラー礼賛者たちはダッハウ〔ドイツ、ミュンヘン北西部の町。ナチスの強制収容所があった（一九三三―四五）〕やブーヘンヴァルト〔ドイツ中東部、ワイマール付近の村。ナチスの強制収容所があった〕の存在について知らぬ顔を決め込んでいた。そしてドイツの強制収容所をこの上なく声高に非難する人々は、ソ連にも強制収容所があるということに全く気づかない、あるいは気づくにしてもほんのかすかにしか気づかない、ということがしばしばあった。幾百万もの人々の死を意味していた一九三三年のウクライナの大飢饉のような途轍もなく大きな出来事が英国の大方の親ソ派の人々に、実際、見逃されていた。多くの英国人は、今回の戦争でユダヤ系ドイツ人、ユダヤ系ポーランド人が皆殺しの目に遭っていることについて殆ど何も聞いていない。彼らに特有の反ユダヤ主義がこの大掛かりな犯罪を意識からはじき出させているのだ。ナショナリズム的思考には、真実が同時に反真実でもあるという事実、既知が同時に未知でもあるという事実は枚挙にいとまがない。ある周知の事実があまりにも耐えがたいと感じられると、決まって脇へ押しやられ、筋の通った思考過程に入るのは許されないということが起こったりする。あるいは、これに対して、十分頭に入れられはしても、一つの事実としては、おのれ一己の知性においてさえ、決して認められないということも起こったりする。

　ナショナリストはみな、過去は変えられうるという確信に取り憑かれている。彼は空想し、いつの間にか歴史上の事件は自分の解釈通りに起こったと信じ込む。――例えば、スペインの無敵艦隊〔一六世紀後半、世界最強を誇った艦隊。一五八八年ドーバー海峡で英国艦隊に大敗〕は成功を収めたとか、ロシア革命は一九一八年に粉砕されたとか――そしてナショナリストは、この空想の断片を、可能な場合はいつでも歴史の教科書に移動させることになる。我々の時代の宣伝文書の大半は正真正銘の偽造文書と言っていい。まともな感覚で捉えられるような具体的な事実は表に出ないようにされ、日付は変えられ、引用文は、その意味が変わるように、文脈から切り離され、不正な変更が加えられる。* 一九二七年蔣介石は幾百人もの共産主義者を生きたまま煮え立った湯の中に投げ込んで殺害した。けれども一〇年も経たぬうちに、彼は左翼の英雄の一人となった。世界政治の再編が彼を反ファシスト陣営に引き入れたのである。その結果、共産主義者を煮て殺したことは「問題ではなくなった」、あるいは、そういうことは起こったことなどないということになった。言うまでもなく、宣伝の主たる目的は、当代の意見に影響を与えることである。けれども歴史を書きかえる手合いは、十中八九、自分たちは本当に事実を過去の中にぐいと押し込んでいる、と知性の一部で信じている。トロツキーはロシアの内戦で重要な役割を果たさなかったということを示すために手の込んだ歴史の偽造が行われたことについてじっくり考えてみると、この偽造に責任を負っている人々が嘘をついているんだと単純に片づけてしまうことはできない。まず間違いなく言えるのは、これらの人々は自分たちの手で整えられる歴史は、神も照覧し給うた事実の記述であり、それに従って記録を再調整するのは正当化される、と思っているということである。

＊――一つの例は独ソ不可侵条約である。これを世の人の記憶から可及的速やかに消し去ろうとする

措置がとられつつある。ソ連のある通信員は私に、この条約への言及は、最近の政治上の事件一覧表が載っている年報から既に削除されつつあると語った。

客観的事実への無関心は、世界の一部を封鎖し、その地域を他の地域から遮断することによって、助長されている。これによって、世界で実際にどういうことが起こっているかを知るのはいよいよむずかしくなる。この上なく途轍もない出来事について、本当にそんなことがあったのかと本気で疑うということがしばしば生じるということになる。例えば、数百万人という枠内で、恐らく数千万人という枠内でさえ、今回の戦争で出た死者の数を決めるのは不可能になっている。絶えず報じられている戦禍——戦闘、虐殺、飢饉、革命——は普通の人間の内面に現実喪失感を引き起こしがちである。我々は事実を実証する手立てをもっていない。我々はこれらの途方もない出来事が起こったということを、十分な確かさをもって感じることさえできない。そして我々は、さまざまに異なった情報源から、まるっきり異なったさまざまな解釈をつねに差し出されている。一九四四年八月のワルシャワ蜂起〔一九四四年八月一日から一〇月二日まで続いた対独蜂起〕についての情報のどれが正しくて、どれが正しくなかったか。ポーランドにドイツのガス処刑室があるという報道は正しいか。ベンガル飢饉〔一九四三－四四年に発生。死者三五〇万人〕で本当に責められるべきは誰であったか。十中八九、真実は発見されうる。が、殆どすべての新聞で、事実は極めて不誠実に伝えられることになるから、通常の読者が嘘を丸呑みにしたり、意見の形成ができなかったりしても、それは許されることである。何が実際に起こっているのかということに関して、確かなことは何も分からないという感情が広く行き渡っているから、常軌を逸した信条にしがみつくのがいよいよ容易になる。何事に関しても証明されたり、反証されたりすることが全くないから、この上なく明白な事実が厚かましく否定されるということにもなる。さらに、ナショナリストは権力、勝利、敗北、復讐については四六時中じっと考えているけれど、現実の世界で起きていることには、さして関心を払っていないということが、しばしば見受けられる。ナショナリストが欲しているのは、自分が属している権力単位がどこかの他の権力単位を打ち負かしていると感じることであり、自分の勝利感を諸事実は証明しているかどうかを知るために諸事実を調べるということによってよりも、敵対している権力単位を愚弄することによって、この勝利感をいよいよ容易に味わうことができるのである。ナショナリストの論争はすべて討論クラブのレベルのものである。論争はいつも決着がつかない。なぜなら論争に加わる者はそれぞれ論争に勝ったと必ず信じるからである。ナショナリストの中には統合失調症と無縁ではない者もいる。五感で捉えられる世界とは何の関係もない権力と勝利の白昼夢の中で満足しきって生きているからである。

以上、あらゆる種類のナショナリズムに共通する知的習癖をできるだけ念入りに調べてきた。次に為すべきは、これらの形態を類別することである。しかしこれを広範囲にわたって行うことができないのは明白である。なにしろナショナリズムは、桁外れに大きなテーマである。世界は極めて複雑な仕方で影響し合う、数知れぬほど多くの妄想や憎悪にひどく苦しめられている。だが、これらの中で最も不気味なもののいくつかは、まだヨーロッパ人の意識に影響を及ぼすということさえしていない。本論で私が取り扱っているのは英国の知識人たちの間に発生しているナショナリズムである。ナショナリズムは、英国の知識人たちの内面においては、英国の庶民の内面においてよりも、愛国心と無縁に存在している場合がはるかに多い。それゆえ知識人のナショナリズムは純粋な形で研究されうる。以下に当今の英国の知識人たちの間で栄えているナショナリズムの種類を列挙し、必要と思われる説明を添えた。三つの中見出し、すなわち「積極的」、「移し替えられた」、「消極的」という見出しをつけたが、これは便利だからである。もっとも若干の種類のナショナリズムは一つ以上の中見出しの中に収まりうるのだが。

積極的ナショナリズム

一 ネオ・トーリーイズム（新保守主義）

これは、エルトン卿〔Godfrey, Lord Elton：一八九二―一九七三。英国の歴史家・作家〕、A・P・ハーバート、G・M・ヤング、ピックソーン教授のような人たち、トーリー党改革委員会のパンフレット、『ニュー・イングリッシュ・レビュー』誌、『一九世紀以降』などによって例証されている。ネオ・トーリーイズムの真の原動力、すなわちネオ・トーリーイズムにナショナリズムらしい性格を与え、普通の保守主義とは異なるものにしている原動力は、英国の国力と影響力が衰えたことを認めまいとする欲求である。英国の軍事的地位が昔日の如きものではないということが分かっているほど現実感覚のある人たちでさえ「英国の思想」（通常これは定義されぬまま放っておかれているが）は世界を支配しなければならないと主張する傾向がある。ネオ・トーリーイズムの人たちはみな、反ソである。が、時には反米に主要な力点が置かれる。意義深いことに、この思想の流派は若い知識人たちの間で支持を得つつあるように見える、あるいは時折、通常の幻滅の過程を辿り、その過程に違《たが》わず幻滅する元共産主義者たちの間でも支持を得つつあるように見える。英国嫌いだったのが突然、激烈に親英になるというのはごく普通に見られる光景である。この性向を明示している作家は、F・A・ヴォイト〔F.A. Voigt：一八九二—一九五七。ナチズムの台頭の分析で有名な外国通信員〕、マルコム・マゲリッジ〔Malcolm Muggeridge：一九〇三—九〇。英国のジャーナリスト〕、イーヴリン・ウォー〔Evelyn Waugh：一九〇三—六六。英国の小説家〕、ヒュー・キングスミル〔Hugh Kingsmill：一八八九—一九四四。批評家、雑誌の編集者〕である。心理的に類似した展開の仕方はT・S・エリオット〔T.S. Eliot：一八八八—一九六五。米国生まれの英国の詩人・劇作家・批評家〕やウィンダム・ルイス〔Wyndham Lewis：一八八二—一九五七。英国の画家・小説家・批評家〕、そして彼らに追随するさまざまな作家たちにも認められる。

二　ケルトのナショナリズム

ウェールズ、アイルランド、スコットランドのナショナリズムには、相違点もあるが、反イングランドという方向性においては似通っている。これら三つのナショナリズムの成員たちは、自らを親ソと名づける一方、戦争には反対し続けている。そして、ナショナリズムの周辺をうろつくちょっと頭のおかしい手合いは、愚かにも親ソであると同時に親ナチスでもある。しかしケルトのナショナリズムは英国恐怖症と同種のものではない。その原動力は過去への信仰、将来におけるケルト民族の偉大さの達成への信仰であり、それは民族優越の色合いを濃く帯びている。ケルト族は、サクソン族に精神面でまさっている――より質朴で、より創造性に富み、卑俗の度合いはより低く、俗物根性の度合いもより低いなどと思い込まれている。けれどもそういう皮相な思い込みの下層に権力への渇望が例によって認められる。徴候の一つは、エール〔アイルランド〕、スコットランドは、そしてウェールズさえも、独力で独立を保ち続けることができるし、独立の保持に関して、英国の保護に負うところは何もない、という幻想である。作家の中で、この派の思想を典型的に示しているのはヒュー・マクダーミッド〔Hugh MacDiarmid：一八九二―一九七八。スコットランドの詩人〕やショーン・オケーシー〔Sean O'Casey：一八八〇―一九六四。アイルランドの劇作家〕である。現代アイルランドの作家は、イェーツ〔William Butler Yeats：一八六五―一九三九。アイルランドの詩人・劇作家〕やジョイス〔James Joyce：一八八二―一九四一。アイルランドの小説家・詩人〕のような、偉大な才能を有する作家でさえ、ナショナリズムの影響を、全く免れているとは言えない。

三　シオニズム

これはナショナリズムに通常認められる特徴を帯びている。米国の地でのこの運動は、英国の地でのよりも攻撃的で悪意に満ちているように思われる。ユダヤ人の間で殆ど排他的な形で栄えているがゆえに、私はこれを移し替えられたナショナリズムではなくて積極的ナショナリズムに分類する。英国ではたいていの場合、知識階級は、一貫性に欠けた若干の理由で、パレスチナを巡る問題では、親ユダヤ的であるが、親ユダヤ感情を強く抱いているわけではない。英国の良識派はみな、ナチスによる迫害への反対の意思を込めて親ユダヤである。しかし何かナショナリズム的忠誠心を〔ユダヤ人に対して〕実際に示すとか、ユダヤ人の生来の優越性を信じるなどという姿勢は、英国の非ユダヤ人の間には、殆ど見出されない。

移し替えられたナショナリズム

一　共産主義

二　政治偏重のカトリシズム

三　有色人種への差別意識

「原地人」に対する時代遅れの侮蔑的態度は、英国では大分弱まっている。白人種の優越性を強調するさまざまな似非科学理論は捨て去られている。[*] 知識人たちの間では人種差別感情は移し替えられたナショナリズムの形でしか、すなわち有色人種の本質的優越性を信じるという形でしか生じない。今やこの信仰は英国の知識人たちの間で、いよいよ普通に認められるようになっている。これは東洋人や黒人のナショナリズムの運動との接触によって引き起こされるというよりは、むしろマゾヒズムや性的挫折感によって引き起こされる場合が多いと多分言える。有色人種を巡る問題で強く感情を動かされない人たちの間でも、識者気どりや模倣は強い影響力を発揮している。英国の知識人は、殆どみな、白人種が有色人種よりも優れているという主張には憤慨する。ところがこれとは逆の主張は、たとえ賛成できない場合でも、異を唱えるに当たらないと思われるだろう。さらに有色人種に移し替えられたナショナリズムへの愛着は、通常有色人種の性生活は白人種の性生活に優越しているという信仰に繋がっている。そして黒人の性的能力については広く行き渡っているけれど、顕在化しない神話が現存している。

＊――一つの適例は日射病に関する迷信である。最近まで白人種は有色人種よりも日射病にかかりやすいとか、白人男性はトピー［一種の、軽いヘルメットに似た日よけ］をかぶっていないと熱帯の日差しの中を安全に歩き回ることはできないなどと信じられていた。この説の正しさを裏付ける証拠は一つもなかったが、これは「原地人」とヨーロッパ人との違いを強調するという目的には適っていた。今次の大戦中、この説にはこっそり終止符が打たれた。軍隊全体が熱帯地方で、トピーをかぶらずに大演習を行っているのだ。ところで日射病迷信が生き延びていた限り、インドの英国人医師たちは医師以外の人たちと同様に、この迷信を固く信じていたように思われる。

四　階級感情

上流階級や中産階級の知識人のナショナリズムは移し替えられたナショナリズムの形――すなわち社会階級に関してはプロレタリア階級の優越性を信じるという形――でしか存在していない。この場合もまた、知識人たちの内面では、世論の力が圧倒的な、抗しがたいものとなっている。彼らのプロレタリア階級への忠誠の形を取るナショナリズム、そしてブルジョアに対する苛烈な敵意の染み込んだ憎悪、つまり理論から導出された憎悪は、日常的に出くわす識者気どりと併存しうるし、また実際にも併存している場合が多い。

五　平和主義

平和主義者の大方は、キリスト教の、世に知られていない教派に属している者であるか、あるいは一途に人命を奪うことに反対しているが、そういう反対を超えて思考を深めるのを好まない人道主義者であるか、いずれかである。しかし、自認こそしていないが、西側の民主主義への憎悪と全体主義の礼賛とを、平和主義を奉ずる際の真の動機にしていると思われる知識人が、少数ながらいる。なるほど平和主義者の宣伝は、通常一方の側は他方の側と同様に悪いという非難に、つまるところ、なっている。が、平和主義の若手の知識人の著述を綿密に見てみると、公平に非難を表しているのでは決してなく、殆どすべて英国と米国に対する非難を表しているということが分かる。さらに彼らの著述は概して暴力自体を強く非難しているのではなく、西側の民主主義を守るために行使された暴力のみを激しく非難しているのである。英国に対する場合とは異なって、ソ連が軍事力を用いて自衛するのは非難されない。実際このタイプの平和主義者のプロパガンダはソ連や中国のことに言及するのを避けている。さらに、インド人は、英国からの独立を目指した闘争で、暴力を断固として斥けるべきである、などと平和主義者によって主張されることはない。たしかに平和主義のパンフレットやチラシは、意味のあいまいな発言に満ちている。しかしもしも何かを意味しているとすれば、それはヒットラーのようなタイプの政治家の方が、チャーチルのようなタイプの政治家よりも好ましいということ、そして暴力は思い切り暴力性を発揮すれば多分許される、ということであるように思われる。フランスの対独降伏後、フランスの平和主義者たちは、英国の平和主義者たちが直面することを免れていた事態、本物の選択をしなければならないという事態に直面して、大多数はナチスの側についた。一方、英国では平和誓約連合〔一九三四年一〇月に著名な平和主義者ヒュー・リチャード・ロウリー・シェパード（The Reverend Hugh Richard Lowrie（'Dick'）Sheppard：一八八〇―一九三七）によって創設された平和主義者の組織〕とイギリスファシスト連合との間で構成員が少数ながら重なり合っていたように思われる。平和主義の文筆家たちはファシズムの知的父祖の一人たるカーライルを賞賛する文を綴った。要するに知識階級の一部に現れた限りでの平和主義は、権力の賞賛と上首尾に行われる残虐行為の賞賛とによって密かに鼓舞されていたと感じさせるところがある。ところでヒットラーにこうした賞賛の感情を移し替えるという過ちが犯されたが、この感情は容易に、再移し替えが利くのである。

消極的ナショナリズム

一　英国嫌い

英国の知識人たちが、英国を嘲笑し、英国に対して、先鋭な形ではないけれど、敵意のある態度を取るのは、だいたい義務となっている。ところで、多くの場合、それは拵《こしら》え上げられた感情ではないのだ。今次の大戦中、この感情は知識階級の敗北主義にはっきり示されていた。この敗北主義は、日独伊枢軸国は戦争に勝てないということが明白になった後も、長期間、存続した。知識人の多くがシンガポール陥落〔一九四二年二月、日本軍シンガポール上陸〕の時、あるいは英軍がギリシアから追い出された〔一九四〇年一〇月、伊軍によって〕時、あからさまに喜びを表出した。良いニュース、例えばエル・アラメイン〔エジプト北西部、一九四二年一一月、英軍が独伊軍に勝利を収めた激戦の地〕のこととか、あるいは「ブリテンの戦い」〔一九四〇年七月―四一年五月、イングランド南東部およびロンドンの上空における英空軍独空軍間の戦闘、英空軍が独空軍に勝利した〕で撃墜された独空軍の戦闘機の数を信じまいとする注目すべき反応が示された。英国の左翼知識人たちは勿論、ドイツや日本が勝利するのを実際に欲していたわけではない。が、彼らはおのれの国が屈辱をなめさせられるのを見るところから、ある種の刺激〔マゾヒスト的快感〕を味わいたいという欲求をどうにも抑えることができなかった。最終的な勝利はソ連、あるいは、米国が（英国ではなくて）手に入れるはずであると思いたがっていた。外交政策において、知識人の多くは、英国によって支持されている側は正しくない側であるに相違ないという原則に従っている。その結果、「啓蒙された」見方は保守党の外交政策のちょうど正反対のものになる。ところで、英国嫌いはつねに立場を逆転させる傾向がある。それゆえ、一つの戦争〔英国の〕において平和主義者であった者が次の戦争では好戦主義者になるという、あのごく普通に見られる光景が現出することとなる。

二　反ユダヤ主義

現在この主義が存在しているという証拠は殆どない。というのも、ナチスのユダヤ人迫害によって、心ある人はみな、ユダヤ人に味方し、迫害者に反対しなければならなくなっているからだ。「反ユダヤ主義」という語を耳に留めるほど教育を受けた人は誰でも、当然のことながら、そういう主義は抱いていないと主張する。反ユダヤ主義的発言はあらゆる種類の文献から注意深く削除されている。ところが実のところ、反ユダヤ主義は知識人の間においてさえ広範囲に拡がっているように思われる。十中八九、広く行き渡っている沈黙の申し合わせは、この主義の悪質化を助長している。左翼の見方を採る人々も、反ユダヤ主義を免れているわけではない。彼らの態度は、トロツキストやアナーキストはユダヤ人である場合が多いという事実に、時折、影響される。が、反ユダヤ主義は保守的傾向を有する人々には、すなわちユダヤ人は国民の士気を弱め、国民文化の価値を稀薄化するのではないかと疑っている人々には、もっと自然に容認される。ネオ・トーリー党の人々や政治偏重のカトリック教徒は反ユダヤ主義に屈しがちであるという性質をずっと引きずっており、これが少なくとも断続的に、表に出て来るのだ。

三　トロツキー主義

この語はあまりにも締まりなく使われているので、アナーキストや民主主義的社会主義者、いや自由党員をさえ含意するようになっている。私はここで、この語を、スターリン体制への敵意を主要動機にしている教条主義的マルクス主義者を意味する語として使う。トロツキー主義は、トロツキー自身の著作を読むことによってよりも、あまり注意を引かないパンフレットや『ソーシャリスト・アピール』のような新聞を読むことによって、より適切に研究できる。トロツキーは決して一つの思想に凝り固まった人ではなかった。若干の国で、例えばアメリカ合衆国のような国で、トロツキー主義はかなり多数の信奉者を引き寄せ、独自の小総統をもった組織的運動に発展しうる。が、この主義の、人を奮い立たせるような力は本質的に消極的なものである。トロツキー主義者は、共産党員がスターリンを支持するのとちょうど逆に、スターリンに敵対している。そして大多数の共産党員と同様に、外的世界を変えたいと思うよりは、むしろ威信獲得のための闘いにおいて、事態は自分たちの側に有利に進んでいるという思いを抱きたいのである。どちらも、単一のテーマに固着するように取り憑かれている点では同じである。蓋然性に基づいて、これは本物と太鼓判を押せるような筋道立った考え方を形成することができない点でも同じである。トロツキストが至る所で迫害に遭っている少数派であるという事実、トロツキストに通常向けられる非難、例えばファシスト勢力と協働しているという非難が、明らかに虚偽であるという事実は、トロツキー主義は知的にも、道徳的にも共産党に優越しているという印象を与える。しかし両者の間に大きな違いがあるのかどうか、疑わしい。ともかく最も典型的なトロツキストは元共産党員なのだ。さらに言えば、何らかの左翼運動を通過せずにトロツキストになった人は一人もいない。共産党員は誰も、長年の習慣によって党にしっかり繋ぎとめられていなければ、突然トロツキー主義に転がり落ちるということだって起こりうる。これと逆の過程が同じ頻度をもって起こるとは思われない。もっともなぜそうなっているのかは、はっきりしていないのだが。

以上、ナショナリズムの分類を試みてきたのだが、しばしば誇張を行っている、単純化を行っている、十分な証拠なしに臆断している、ごく普通に生じるまともな動機の存在を考慮に入れていないなどと思われるだろう。そう思われるのは避けられない。というのも本論で私は、必ずしも純粋な状態で生じるとは限らない、あるいは持続的に作用したりするとは限らない形で、我々のすべての知性の中に存在し、我々の思考を歪める傾向があるものを分離し、その実体を突き止めようとしているからだ。私がやむを得ず単純化して提示したナショナリズム像をここで訂正するのは重要である。まず第一に、我々は、人はみなナショナリズムに影響されている、知識人でさえ、みな影響されている、と決めてかかる権利などもっていない。第二にナショナリズムは断続的で限定的なものでありうる。知識人の場合、彼を惹きつけてはいても、愚劣なものと承知している政治上の信条に、半ば屈するというのは起こりうる。半ば屈して、それを長きにわたってうっちゃっておくということはありうる。ただ怒りに駆られた場合に、あるいは感傷的な見方に囚われた場合に、あるいは重要な問題がこれには絡んでいない、と確信した場合にだけ、ナショナリズムへの回帰が起こったりする。第三に、ナショナリズム的信条が、非ナショナリズム的動機から、誠実に採られるということがあるかもしれない。第四に、若干の種類のナショナリズムが——互いに無効にし合う類いのナショナリズムである場合でさえ——同一人物の内部で併存するということが起こりうる。

　これまでずっと、例証するという目的のために、知性の中に中立的領域をもたず、権力獲得のための闘争以外のことには何ら関心を示さないナショナリスト、過激で殆ど気の確かでないナショナリストを取り上げて、「ナショナリストはこれをする」とか「ナショナリストはあれをしない」などと論じてきた。実際そのようなナショナリストは、かなり普通に認められるのだが、こういう手合いは、実は考察の骨折りのかいがない。確かに現実の世界で、エルトン卿、D・N・プリット〔D.N. Pritt：一八八七—一九七三。法廷弁護士・ソ連の熱烈な支持者〕、ヒューストン夫人〔Lady (Dame Fanny Lucy) Houston：一八五七—一九三六。『サターデイレビュー』誌の社主・編集者。愛国的反共主義者〕、エズラ・パウンド〔Ezra Pound：一八八五—一九七二。米国の詩人・ムッソリーニの支持者〕、ヴァンシタート卿〔Robert Vansittart：一八八一—一九五七。外交官。ドイツとドイツ人を歯に衣を着せずに批判〕、コフリン神父〔Father Charles E. Coughlin：一八九一—一九七九。米国のカトリック司祭。過激な共産主義攻撃、ユダヤ人攻撃で有名〕、その他うじゃうじゃいる陰鬱な種族はすべて闘いの対象とならねばならないが、しかし彼らの知性上の欠陥は、殆ど指摘するに及ばないのである。偏執狂は興味深いものではないのだ。偏見に凝り固まったナショナリストが、幾年かを経て依然読むに値すると思われる本を書けないという事実には、ある種の浄化作用がある。さて、ナショナリストは至る所で勝利しているわけではないということを、そして世には権力欲のなすがままになっていない人が依然存在しているということを認めたとしても、ナショナリズムに囚われた思考の習癖が広範囲に及んでいるという事実は、厳然として残っている。頗る抜きがたく残っているので、さまざまな喫緊の課題——インド、ポーランド、パレスチナ、スペイン内乱、ソ連の粛清裁判、米国の黒人問題、独ソ不可侵条約等々——が筋の通った議論のレベルで議論され得ない、あるいは少なくとも、今のところ全く議論されていないという結果に終わっている。なるほど一様に口だけがやたらに大きくて同じ嘘を繰り返し繰り返し吐き散らすエルトン卿のような、プリットのような、コフリンのような人物たちが極端なケースであるというのは明白である。しかし我々はみな、油断した拍子に、そういう人間に似てくるということになるのであり、それを悟らなければ、自己欺瞞に陥ることになるのだ。ある種の声の調子で発言が行われるようになったとしてみよ、あれこれのウオノメ〔怒りや不快感の種〕——それまでその存在さえ気づかれていなかったかもしれない——そういうものが踏まれたとしてみよ。すると、この上なく公正な判断のできる人、この上なく気立てのやさしい人が、突然、敵対者に対して「優位に立つ」ことにのみ熱中し、おのれがどれほど多くの嘘をつき、それによってどれほど多くの論理的過ちを犯しているかに全く関心を払わない、党派心の強い、質《たち》の悪い人間に変貌するということが起こる。ロイド・ジョージ〔David Lloyd George：一八六三―一九四五。英国自由党の政治家。首相（一九一六―二二）〕は、ブール〔ボーア〕戦争〔南アフリカの支配を巡る、オランダ系の南アフリカ移住者と英国との間の戦争。南ア戦争。一八八〇―八一、一八九九―一九〇二〕に反対の立場を取っていたのだが、彼が下院で英国の公式発表を全部つき合わせてみれば、英国はブール人の総人口よりも多くのブール人を戦死させたと主張していることになる、と発言した時、アーサー・バルフォア〔Arthur James Balfour：一八四八―一九三〇。英国の保守党の政治家。首相（一九〇二―〇五）、外相（一九一六―一九）〕は立ち上がって「ごろつき！」と叫んだと記録されている。この種のふとした過失を免れている人は本当に殆どいない。白人女性に冷たくあしらわれる黒人、米国人による、無知をさらけ出しての英国批判を聞く英国人、スペインの無敵艦隊のことを思い出させられて無敵艦隊擁護に努めるカトリック教徒はみなひどく似た反応を示す。ナショナリズムの神経に一突きを与えてみよ、すると知的にまともな部分は消え失せるのだ。過去は書きかえられうるものとなり、この上なく明白な事実も否定されうるものとなる。

もし人が自分の内面のどこかにナショナリズムに発する忠誠心や憎悪を密かに蔵していれば、若干の事実は、ある意味で真実であると分かっていても、受け入れ不可ということになる。ここにほんの数例を挙げてみる。以下に五つのタイプのナショナリストを列挙し、この種のタイプのナショナリストのそれぞれにとって受け入れるのが不可能な事実を書き添えておく。

英国保守党員　英国は、今次の大戦の後、国力と威信の衰退に見舞われた形で登場することになる。

共産党員　ソ連は英国と米国の支援がなかったなら、ドイツに打ちのめされていただろう。

アイルランドのナショナリスト　エール〔アイルランド〕は英国の保護があるからこそ独立を保ちうる。

トロツキスト　スターリン体制はソ連の大衆に受け入れられている。

平和主義者　暴力を「誓ってやめる」と主張する人々は、他の人々が彼らのために暴力を行使している場合にのみ、暴力を「誓ってやめる」ことができる。

　こうした事実はすべて、ナショナリズムが絡みついていなければ、明々白々となる。が、それぞれの事例で取り上げた人物にとって、これらの事実は耐えられないものなのである。そこで、これらの事実は否定されねばならないということになる。そしてこの否定の上に間違った理論が築かれることになる。ここで今次の大戦における軍事上の予測の驚くべき失敗に立ち戻ってみよう。思うに知識階級が、大戦の進行状況に関して、庶民以上に間違った予測をしていたのは疑いの余地がない。知識人たちが間違ったのは、まさに党派的感情に左右されていたからである。例えば、通常、左翼知識人は一九四〇年の時点で英国は敗戦に追い込まれていたとか、ドイツは一九四二年に確実にエジプトを侵略するとか、日本軍はその占領地域から決して追い出され得ないとか、英米の爆撃による攻勢がドイツに影響を与えることはない、などと信じていた。左翼知識人がこういうことを信じ得たのは、英国の支配階級への憎悪が、英国の戦争計画の成功を認めるのを禁じていたからだ。この種の感情に支配されていると、うのみにされる愚劣な考えの数には限りがないということになる。例えば、米軍のヨーロッパへの派兵はドイツ軍と戦うのを目的にしているのではなく、英国革命〔第二次世界大戦を契機として英国に民主主義的社会主義革命が起こる可能性が高いということを、オーウェルは『ライオンと一角獣』（*The Lion and the Unicorn*：一九四一年）で論じた〕を粉砕するのを目的にしている、などと自信たっぷりに語られるのを聞いたことがある。この類いのことを信じるためには人は知識階級に属していなければならない。市井の人がこれほど愚鈍になるのは不可能だ。ヒットラーがソ連を侵略した時、情報省〔MOI、現COI（中央広報局）〕の役人たちは、「背景説明として」ソ連は六週間以内に崩壊すると予測されうるという警告を発した。一方、共産党員たちは、戦争のあらゆる局面でソ連は勝利していると見做していた。ソ連軍がカスピ海まで押し戻され、数百万人を捕虜にされた時でさえ、そう見做していた。こういう例をこれ以上列挙して増やす必要はない。見失ってはならない一点は、恐怖や憎悪、妬みや権力崇拝が絡むや否や、現実感覚が狂ってくるということだ。既に指摘した通り、正、不正の感覚も狂ってくる。「我々の」側が犯した犯罪であれば、我々によって大目に見られないということは絶対にないのである。たとえ犯罪の行われたことを否定しない場合でも、たとえそれが、我々が糾弾の対象にしていた他者・他党派・他国の犯した罪と全く同じ犯罪であると分かっていても、たとえ知的感覚で、正当化され得ないと認めたとしても——それでも我々は不正であると感じることができないのである。党派性の強い忠誠心が絡んでくると、憐憫の情は働かなくなるのである。

ナショナリズムがこれほど高まり、これほど拡がった根拠は、問題としてはあまりにも大き過ぎるので、ここで取り上げることはできない。ただこう言えば、すなわち、ナショナリズムは、英国の知識人に現れる際の形態においては、それは外的世界で現実に起きている恐るべき戦闘の、歪められた像の反映であり、その箸にも棒にもかからない愚論は、愛国心と宗教的信条の衰退とによって可能になっている、と言えば、十分である。なるほど、こういった類いの見方の脈絡を辿っていくと、我々は一種の保守主義に、あるいは政治上の静寂主義〔キエティスム。ただ瞑想のみによって神々に帰依し、魂の平静を得ることを主張する神秘説〕に導き入れられるという危険に陥る。しかし、例えば、次のように論じたとしたら、すなわち愛国心はナショナリズムに対する予防接種であり、君主制は独裁制に対する防護物であり、伝統ある組織の宗教はすべて、迷信に対する防壁であると論じたとしたら、それはほぼ間違いなく妥当性を帯びるということになる——いやそれはほぼ間違いなく、真実であるということになる。今一度言うが、偏見のない見方は成り立ち得ない。確かに、あらゆる信条や大義は、虚偽、愚考、野蛮な要素を必ず含んでいるという点で、似たりよったりであるという意見が出されうる。そして、こういう意見は、政治に全く関わらないことの理由として持ち出される場合がしばしばある。私はこういう意見を受け入れることはできない。現代世界において、知識人と称せられうる人が、政治は虫が好かぬなどと言っても政治を避けることなどできはしない、という理由だけからでも、受け入れることはできない。我々は政治に関わらなければならない――ここでは政治という語を広い意味で使っている――我々は選択すべきものをもたねばならない。すなわち、大義の中には他の大義よりも、客観的に見てましなものがあるということを認めねばならぬ。たとえそのましな大義が他の大義と同じように悪しき手段で推し進められているとしても、である。私がこれまで触れてきたナショナリズムに端を発する愛や憎悪に関して言えば、それらは好きであろうと嫌いであろうと、我々の大半の内面を構成しているものの一部である。こうしたものを除去できるかどうか、私は知らない。が、除去しようと努めることはできる、そしてそれは本質的に道徳的な努力である、と私は固く信じている。それはまず第一に、自分は本当のところどういう人間であるのか、自分に固有の感情は本当のところどういうものであるかを知るという問題である。それから、回避不可能の偏見は、これを酌量するという問題である。もしもソ連を憎み、恐れるなら、もしも米国の富と国力を妬むなら、ユダヤ人を軽蔑するなら、そして英国の上流支配階級に劣等感を抱くなら、こういった感情は、ただ気に留めるだけでは除去できない。けれども少なくとも、自分はこうした感情を抱いていると自覚し、自分の知的過程がこれらの感情によって汚染されるのを防ぐことはできる。不可避の、そして政治的活動には必要でさえある根源的衝動、感情を源とする根源的衝動は、現実を受容する姿勢と併存するのが可能であるはずだ。しかし、繰り返して言うが、併存させるためには道徳的努力が必要である。が、当今の英文学は、我々の時代の重大な問題にかりそめにも気づいているとしての話だが、当今の英文学は、そういう道徳的努力をしようと心構えのできている人は、ほんとうに殆どいないということを、示している。

情報省は一九四六年に、同省がフランス語、ドイツ語、イタリア語、フィンランド語で発行している定期刊行物に本論文が縮約された形で発表されるように取り決めた。

（一九四五年）

四　文学を阻むもの

The Prevention of Literature

約一年前、私はペンクラブ〔一九二一年、キャサリン・スコットらによって設立された作家の国際組織。その目的は執筆活動の根幹をなす平和、寛容、自由の擁護〕大会に出席した。それはミルトン〔John Milton：一六〇八―七四。英国の詩人〕の『アレオパジティカ』（*Areopagitica*）――これは記憶されて良いが、言論・出版の自由を擁護する小冊子〔一六四四年〕である――の出版三〇〇年を記念する集会だった。書物を「殺す」ことの罪についてのミルトンの有名な言葉〔「良い書物を殺すのは人間を殺すのと同じことです。人を殺す者は理性あるもの、神の像を殺す者であります。良い書物を滅ぼすのは、理性そのもの、目に見える神の像を滅ぼすことであります」（原田純訳、岩波文庫、二〇一九年）〕は前もって配布されていた大会宣伝のチラシに印刷されていた。

演壇には四人の講演者が登場した。その一人は言論の自由をまともに取り上げず、ただインドとの関連で触れただけだった。いま一人はためらいがちに、しかも頗る一般的な言い回しで、自由は良きものであると言った。さらにもう一人は、文学における猥褻に関する法律を攻撃する講演を行った。四人目の登壇者は、ソ連における粛清の擁護に講演の大半をあてた。ホールの中心部から為されたいくつかの発言はどうだったかというと、ある者は猥褻、そしてそれに関する法律の問題を蒸し返し、他の者たちはソ連礼賛に終始した。数百人の出席者全体の恐らく半数は文筆の仕事に直に関わりのある人たちだったのだが、彼らの中で、言論の自由は、かりそめにも何かを意味しているとすれば、それは批判し反対する自由を意味していると指摘しうるものは一人もいなかった。注目すべきことに、表向きは祝意を表されているミルトンの小冊子から引用した発言者は一人もいなかった。この国で、そして米国で、戦時中「殺された」さまざまな本への言及も全くなされなかった。この集会で最終的に出てきたのは、検閲に対する賛成の意思の明確な表示だった。*

*――ペンクラブ主催の祝典、これは一、二週間続いたのだが、この間、祝典は全く同一レベルを保って行われていたとは限らない、と公正に見て言える。私の出席はたまたま不愉快な日に当たっていたのだ。しかしスピーチ集（これは表現の自由と題して印刷されている）の綿密な検討によって、我々の時代においては、ミルトンが三〇〇年も前に知的自由を徹底的に擁護し得ていたのとは異なって、知的自由擁護の発言をする者は一人もいないということが明白になる。こういう事態は、ミルトンが大内乱〔ピューリタン革命〕のさなかにあの小冊子を書いていたという事実の重みをまさに無視することによって引き起こされているのだ。

ここには取り立てて驚くべきことは何もない。我々の時代において、知的自由という概念は、二方面から攻撃にさらされている。一方には理論上の敵、すなわち全体主義の弁護者がいる。他方には直接的に作用を及ぼす敵、事務的処理に長けた敵、すなわち独占権と官僚支配とがある。おのれの知的誠実を保持したいと思っている作家やジャーナリストはみな、能動的な迫害によってよりは、むしろ社会の全般的な傾向によって挫折させられるということになっている。作家に不利に作用しているのは、報道機関が一握りの金持ちの手に集中されているということ、ラジオや映画に対する独占形態の支配があるということ、書物購入をしぶる一般の人々の態度によって作家が生活費の一部をやっつけ仕事で稼ぐのを強いられているということ、情報省や英国文化振興会、すなわち、作家がどうにか暮らしていく上で援けになりはするが作家に時間の無駄遣いをさせ、作家の意見を左右する英国文化振興会のような公的組織によって権利の侵害が行われているということ、回避不可能の歪曲作用を及ぼす戦時の雰囲気の持続、そういう類いのものである。我々の時代の一切が、作家を、そして他のすべての芸術家を小役人に、すなわち上の方から手渡されたテーマを中心に仕事をし、真実の全体と思われるものについては全く語らない小役人に変えようと手を組んでいる。このように降りかかってくる非運に抗するに際して、芸術家は、芸術家たちの側からは何の力添えも得られないのである。すなわち自分が手掛けようとしていることは正しいと請け合う大きな塊を成す意見が存在しないのである。過去において、ともかくプロテスタントの幾世紀かを通じて、反逆の考えと知的誠実の考えは併存していた。異端――政治上の、道徳上の、宗教上の、あるいは美学上の異端――とはおのれ一己の良心を踏みにじるのを拒否する人のことであった。このような態度は、信仰復興運動の聖歌の言葉に要約されている。

敢えてダニエルの如き聡明公正なる人たれ
敢えて孤立せる立場に立て
敢えて確固たる目的を抱け
敢えてそれを告げ知らせよ

この聖歌の言葉を今の状況に合致させようとすれば、各行の最初にDon'tを付け加えなければならない。というのも、既存の秩序に反逆する者たち、ともかくも反逆者の中で数が最も多く、最も特徴のある仕方で反逆の姿勢を示している者たちは、一己の人間として保つべき誠実という考えにも反逆しているからだ。「敢えて孤立せる立場に立つ」のは、実際上危険であるだけでなく、イデオロギーの観点からは犯罪的でもある。なるほど作家や芸術家の自立性は漠とした経済的な諸力によって蝕まれている。が、同時に、その自立性は自立性の擁護者であるべき人たちによっても侵食されている。私が本論で取り上げようとしているのはこの第二のプロセスである。

言論の自由、出版の自由に対する攻撃は、通常、気をもむに値しない論拠によってなされている。講義や討論の経験のある者は誰でも、こうした論拠は知り尽くしている。私は、ここで、自由は幻想であるというお馴染みの主張、あるいは、自由は民主主義国においてよりも全体主義国においてより豊かに享受できるという主張を取り上げようとしているのではない。自由は望ましいものではないとか、知的誠実は反社会的な利己主義の一形態であるとかいう、はるかに異論に耐える、そしてはるかに危険な主張を取り上げようとしているのである。言論の自由、出版の自由を巡る論争は、根底においては嘘を言うのは望ましいか望ましくないかを巡る論争である。もっとも、普通はこれ以外の側面が前面に押し出されるのだが。核心的な問題は、物書きがみな必然的に抱えている無知や偏見や自己欺瞞の及ぼす不可避の作用を認めつつも、当代の出来事を誠実に、できるだけ誠実に伝える権利という問題である。こういうふうに言うと、ずばりルポルタージュが文学の中で重要性をもつ唯一の部門であると言っているように思われるかもしれない。しかし後段で私は文学のあらゆるレベルで、そして大方、芸術一般のどのレベルにおいても同じような問題が多少洗練された形で浮上するということを示そうと思う。さしあたり、通常この種の議論がまとっている見当違いなものをはぎ取らなければならない。

知的自由の敵たちは彼らの立場を、個人主義に規律を対置して、規律を擁護せよという訴えの形で提示しようと努める。真実対虚偽という問題の捉え方は可能な限り表面に出ないように措置される。力点の置き所はさまざまに異なるにせよ、つねに為されるのは、おのれの意見を売るのを拒む作家に、単なるエゴイストという烙印を押すことである。すなわち、作家は、象牙の塔に立てこもろうとしているというふうに非難されるか、おのれの個性なるものを顕示しようとしているというふうに非難されるか、正当化できない特権にしがみつこうとして、歴史の必然的な流れに逆らおうとしているというふうに非難されるか、いずれかである。カトリック教徒と共産党員は自分たちに敵対する者は誠実さも知性も持ち合わせていないと決めてかかる点で似通っている。両者はいずれも「真理」は発見済みであり、異端者は、もしも彼が純然たる愚人でなければ、「真理」に密かに気づいていながら、単に利己的な動機から真理に逆らっているに過ぎない、と暗黙のうちに主張する。共産党のパンフレットやチラシなどの印刷物において、知的自由に対する攻撃は、通常「小ブルジョア（プチブル）的個人主義」とか「一九世紀流リベラリズムの幻想」などという語句を連ねた弁論ですっぽり覆われる。そしてこの弁論は「ロマンチック」とか「センチメンタル」という罵言で補強されるのだが、ただこうした語は一致した意味をもっていないから、反論するのは容易ではない。このようにして論争は真の問題から巧みに逸らされるのである。なるほど我々は共産主義の命題、すなわち自由は純粋な形では階級のない社会にしか存在しないし、そういう社会を実現すべく奮闘している時、我々は本当に殆ど自由であるという命題を受け入れることができる。また啓蒙された人々の大半も多分受け入れるだろう。しかしこの命題には、全く根拠のない主張、すなわち共産党はそれ自体、階級のない社会の樹立を目指している、そしてソ連においてこの目的は本当に実現の途上にあるという主張がこっそりすべり込まされている。もしも最初の主張〔命題〕が二番目の主張を必然的に伴うとしたら、常識や共通のまともさに対する攻撃で正当化され得ないものは一つもないということになる。よく考えていただきたい、真の問題点が巧みに逸らされているのだ。知性の自由とは人が自分の見たこと、聞いたこと、感じたことを伝える自由のことであり、この自由においては架空の事実や架空の感情を作り上げるように強いられはしない。「現実逃避」「個人主義」「ロマン主義」に反対するという形での非難はただ弁論術上の仕掛けに過ぎないのであり、その真の目的は歴史の歪曲をまっとうなことと思わせることである。

一五年前、我々が知性の自由を擁護した時、我々は保守主義者に抗して、カトリック教徒に抗して、そしてある程度はファシストに抗して守らなければならなかった——ある程度と言ったのは、ファシストは大して重みのある存在ではなかったからだ。今日、我々はそれを共産党とその「同行者〔シンパ〕」に抗して守らなければならない。弱小の英国共産党の直接的影響を誇張して考えるべきではないが、英国の知的生活にロシア〔ソ連〕神話〔ソ連では地上の楽園が実現している、あるいは実現しつつあるという神話〕が有害な影響を及ぼしていることに疑問の余地はない。この神話ゆえに、我々の時代の真の歴史は、そもそも書かれうるのかと疑わせる程度まで、周知の諸事実が報道を阻まれたり、歪曲されたりしている。取り上げられうる幾百もの事実の中からほんの一つだけ取り上げさせていただきたい。ドイツが瓦解した時、ソ連の、実に多数の人々が——疑いもなく大半は非政治的な動機から——立場を変え、ドイツの側について戦っていたという事実が明らかになった。また、少数だけれども、無視できない割合を占める、捕虜となったソ連兵たちや難民は、ソ連に戻るのを拒否した。しかし、少なくとも彼らの一部は、おのれの意志に反して、ソ連に送還されてしまった。これらの事実は現場にいた数多くのジャーナリストに知られていたのだが、英国の新聞・雑誌においては殆ど報道されなかった。一方、英国の親ソ宣伝係たちは、一九三六年から三八年にかけての大粛清や強制送還を、ソ連は「売国奴を許さない」などと主張して正当化し続けた。ウクライナ飢饉とかスペイン内乱とかポーランドにおけるソ連の遠謀といった問題を取り巻いている霧のような虚偽や誤報は、必ずしも意識的な不誠実によるとは限らない。しかしソ連に全幅の共感を寄せている——ソ連が求めているようなやり方で共感を寄せている——作家やジャーナリストは重要な問題に関して、意図的に事実が捏造されるのを黙認しなければならないのだ。私の目の前に、マクシム・リトヴィノフ〔Maksim Maksimovich Litvinov：一八七六—一九五一。ソ連の外交官、駐米大使（一九四一—四三）〕が一九一八年に、ロシア革命直後の諸事件を略記した、希少価値高きものに相違ないパンフレットがある。このパンフレットでは、スターリンには一言も触れられていない。トロツキーやジノヴィエフ〔Grigorii Evseevich Zinov'ev：一八八三—一九三六。一九二六年ソ連共産党から除名、粛清される〕やカーメネフ〔Lev Borisovich Kamenev：一八八三—一九三六。一九三二年トロツキストとして除名され、一九三六年射殺される〕やその他の人物は大いに賞賛されている。ところで、この上なく正確に頭脳を働かせる党員でさえ、このようなパンフレットを目の前にした時、まっとうな態度を取りうるかどうか。これは好ましくない文書だ、発禁した方が良いなどと反啓蒙主義的な態度を取るのが関の山ではないか。そして、もし何らかの理由で、トロツキーを悪《あ》し様《ざま》に言い、スターリンへの言及を数多く挿入した歪曲ずくめのパンフレットの出版が決定されたら、党に忠誠を誓っている党員は抗議などできないだろう。殆どこれと同じくらい目に余る事実の偽造が近年行われ続けている。深刻な意味合いをもっているのは、こうしたことが起こるということではなくて、こうしたことが知れ渡っても、全体として左翼知識階級に何の反応も呼び起こさないということである。真実を語るのは「時宜を得ていない」、誰かの思うつぼにはまるだけだ、などという主張には反論できないと思われてしまうのだ。そういう次第で、黙認された嘘が新聞から出て歴史の本に入り込むと予想して不快感を覚える人は殆どいないということになる。

全体主義国によって実践されている組織化された嘘は、時たま主張されるのとは異なって、軍事上の策略と同性質の、一時しのぎの方便ではない。全体主義国の組織的虚偽は全体主義に不可欠のもの、強制収容所や秘密警察が必要でなくなっても、依然存続するという性質のものである。知識人・共産党員の間で一つの秘密の言い伝え、すなわちソ連政府は今嘘の宣伝やでっち上げ裁判といったものに手を染めるのを余儀なくされているが、密かに事実を記録し、将来のある時点で事実を公表するという趣旨の秘密の言い伝えが流布している。そういうふうにならないのは全く確かなことである、と私は信じている。なぜなら、そういうふうになるという捉え方に含意されている精神構造は、過去は変えられない、歴史の正しい知識に価値があるのは当然のことだ、と信じる自由主義的な歴史家の精神構造だからである。全体主義の観点からすれば、歴史は学ばれるものではなくて、捏造されるものである。そもそも全体主義国家は事実上神政国であり、その支配階級はその地位を維持するために無謬と見做されなければならない。しかし実のところ、誰も無謬ではないから、あれやこれやの過ちは犯されなかったということを示すために、あるいはあれやこれやの架空の勝利が実際に得られたということを示すために、過去の出来事の再調整がしばしば必要になる。これに加えて、国家の方針の大変更が行われるようになり、その都度、変更に対応する公式政策の改変や歴史上の傑出した人物の評価のし直しが必要となる。この種のことはどこでも起こっている。が、この種のことがはっきりと歴史の偽造に通じるのは、特定のどんな瞬間においても、たった一つの意見しか許されていない社会においてである、というのは明白である。全体主義は、実際、過去の絶えざる偽造を要求するのであり、とどのつまり、客観的真実なるものは存在しないと信じることを要求するのである。この国の〔英国の〕全体主義の擁護者たちは、絶対的真実はどのみち得られないのだから、大きな嘘が小さな嘘より悪いということにはならないと常日頃主張しがちである。歴史上の記録はすべて偏っている、不正確であるとか、あるいは、翻って考えるに、現代物理学は我々に真の世界と見えるものは幻影であると証明している、従って、自らの感覚の差し出す証拠を信じるのは、俗物特有の下司根性の表れに他ならないなどと、主張しがちなのだ。自己永続化に成功した全体主義国家は、まず間違いなく、統合失調症的思考体系を築き上げたのであり、この思考の体系においては、共通感覚から生み出される法則は日常生活や若干の精密科学には当てはまるが、政治家や歴史家や社会学者には頭から無視されて良いとされている。自然科学の教科書に虚偽を持ち込むのはとんでもないことだと思っていても、歴史上の事実を偽造することに何ら問題はないと思っている人が、既に数知れぬほどいる。知識人に対する全体主義の圧力が最大化するのは文学と政治が交差するところにおいてである。精密科学は今の時点では、文学や政治と同程度に脅威にさらされてはいない。この違いは、次の事実を、すなわちすべての国において、作家よりも科学者の方がそれぞれの政府を、支持するのが容易であるという事実を、部分的ながら、説明している。

問題を大局的見地から把握するために、本論の最初の方で述べたことを繰り返させていただきたい。すなわち、こう述べたのである。英国では、一貫した真実重視の姿勢、それと結ばれた自由な思考の直接的な敵は新聞・雑誌の支配者たち、映画王たち、そして官僚たちである。しかし長い目で見れば、知識人自体の中で自由への欲求が弱まっているのが、まさに最も深刻な徴候である、と。本論でこれまでずっと検閲の及ぼす影響を、文学全体に及ぼす影響としてではなくて、ただ政治的ジャーナリズムの一分野に及ぼす影響に限定して語ってきたように思われるかもしれない。ここで立ち止まって、真実に基づくソ連論は、英国の新聞・雑誌においては、一種の立入禁止区域と見做されているということが容認されていると、仮定してみよう。ポーランドやスペイン内乱や独ソ不可侵条約等々の問題についての真剣な論議が禁じられているのが容認されていると、仮定してみよう。そして現在支配的となっている正統派的見方と衝突する情報を我々が握っている場合に、その情報を歪曲するように、あるいはそれについて沈黙を守るように求められることが容認されていると、仮定してみよう。――こうした一切が容認されていると、仮定してみよう。すると、次のような問いが生じることとなる。そういった状況下で、広い意味での文学が影響を受けるなどということがあるだろうか。第一、作家はみな政治家なのか。その作品は必然的に、ずばり「ルポルタージュ」であるのか。この上なく厳しい検閲下にあってさえ、個人としての作家はおのれの内的世界においては自由の状態を保ち、当局があまりにも愚鈍なので嗅ぎつけることができないと思われるような仕方で、非正統的考えをまとめ、あるいはそれと分からないような仕方で非正統的考えを隠すことができるのではないか。さらに、作家自身が支配的な正統と意見の一致を見出しているとしたら、その支配的な正統が作家を挫折させるような作用を作家に及ぼすはずがあろうか。文学、あるいは芸術全般は、次のような社会では、すなわち意見と意見との間に大きな衝突がなく、芸術家と芸術を享受する人たちとの間にはっきりした相違点がない社会では、栄える可能性がこの上なく高まるのではないか。芸術家はみな反逆者であると決めてかかる必要があるのか、あるいは作家というものは別格の人間であるとさえ決めてかかる必要があるのか。

我々が全体主義の主張に対して知的自由を擁護しようと試みる時、決まって、我々は上述のような主張、あるいはこれに類する主張に出くわす。こうした主張は文学がどういうものであるのかに関して、そして文学がどのようにして――我々はむしろなぜと言うべきかもしれないのだが――生まれるのかに関して完全な誤解に基づいている。作家は単なるエンターテイナーに過ぎないのであるか、あるいは一つの宣伝方針から他の宣伝方針に、手回しオルガン弾きが一つの曲から他の曲へすいすいと移るように移る、金が目当ての売文業者であるか、いずれかであると決めてかかられる。しかし、つまるところ、そもそも作品はどのようにして書かれるに至るのか。文学は、かなり低いレベルを超えたところでは、経験を記録することによって、同時代の人々のものの見方に影響を与えようとする試みである。そして表現の自由に関する限り、一筋にジャーナリズムに打ち込む人と想像力を駆使するこの上なく「非政治的な」作家との間に大した違いはない。ジャーナリストは、嘘を書くように強いられている時、あるいは自分にとって重要だと思われるものを報道しないよう強いられている時、自由ではない。想像力を駆使する作家は、自分の主観的感情、すなわち、彼の観点からすれば事実に他ならないものを偽らねばならない時、自由ではない。彼は自分が語ろうとしていることの意味をより明確にするために、現実の像を歪めたり、戯画化したりするかもしれない。しかし彼はおのれに固有の心の情景を偽って表現することはできない。彼は自分が嫌っているものが好きであるとか、自分が信じていないものを信じているなどと、確信を込めて語るなどということは決してできない。もしもそうしたことをするように強制されたなら、唯一の結果は想像力を駆使する能力の枯渇である。また彼は論議を呼んでいる主題から身を引き離すことによって、問題を解決することなどできはしない。正真正銘の非政治的文学というものは存在しない。恐怖や憎悪や政治性をあからさまに帯びた忠誠がすべての人の意識の表面に突き出ようとしている我々の時代においては、金輪際存在しない。どんな思想も自由にのびのびと追究されれば、禁じられた思想に繋がる危険がつねにあるという理由でタブー（禁忌）が持ち込まれるのだが、タブーはたった一つであっても、壊滅的な作用を知性に及ぼしうるのだ。ここから言えるのは、全体主義の雰囲気はいかなる種類の散文作家にとっても致命的であるということである。もっとも、抒情詩人はその雰囲気の中でも息づくことができると思うかもしれないが。いかなる全体主義国家も二世代以上〔六〇年以上〕存続すれば、そこでは、過去四〇〇年間続いてきたような散文文学は、本当に終焉を告げるより他はない。

文学は専制政体の下で栄えたことがある。しかししばしば指摘されているように、この専制政体は全体主義的ではなかった。その抑圧装置はつねに非能率的で、支配階級は通常腐敗していたか、あるいはその政治的関心は鋭さに欠けていたか、あるいはその政体のものの見方は、半ば自由主義的であったか、いずれかであった。さらに支配的な宗教の教義は人間の完全性を信じること、および人間の無謬性を信じることに反対する力として働いていた。そうであったとしても、散文文学が民主主義と自由な思索の時代に最高のレベルに達したというのは、おおむね本当のことである。全体主義の新しいところは、その公式（外交）政策は単に変えられ得ないとされているのみならず、変えられやすいということである。その公式政策は、違反すれば永遠の断罪を受けるという条件で受け入れなければならない。しかし他方、その公式政策はつねに、突如変えられがちなのだ。例えば、英国の共産党員、あるいはその「同行者」が英独間の戦争に対して、取らざるを得なかった、全く相容れないさまざまな態度のことを思い浮かべてみよ。一九三九年九月〔一九三九年八月二三日、独ソ不可侵条約締結〕以前の数年間、共産党員あるいは「同行者」は「ナチズムの恐怖」のことで絶えず気をもみ、一切の事実を歪めてでも、ヒットラー弾劾の文を仕立てるように求められた。ところが一九三九年九月から二〇か月間、党員あるいは「同行者」は、ドイツは自分が犯した罪以上に非難されていると信じなければならなくなった。「ナチス」という語は、印刷物に関する限り、党員あるいは「同行者」の語彙から消えなければならなくなった。一九四一年六月二二日「ドイツのソ連侵攻」の朝のニュース放送を聞いた直後から、彼は今一度、ナチスはこれまで世界に現出した悪の中で、最も忌まわしい悪であると信じ始めねばならなくなった。さて、政治家がこのように立場を変えるのは容易である。作家の場合、事情は多少異なっている。もしも作家が政治家と時を同じくして立場の変更を行うとしたら、作家はおのれの主観的感情を偽るか、あるいは主観的感情を押さえ込むかしなければならなくなる。いずれの場合も、作家はおのれのダイナモ（活力源）を破壊したことになるのだ。考えが彼の頭に浮かぶのが拒まれるだけでない、まさに彼が使う言葉は彼が手を触れた途端に強張る、と思われるようになるのだ。我々の時代の政治的文章は、子供のメカノ〔プラスチック片を、ボルトなどを使って、いろいろ組み立てて楽しむ子供用玩具〕のプラスチック片のように、ボルトで固定された組み立て式の語句から、殆ど完全に成り立っている。自己検閲の不可避の結果である。平明で力強い言葉で書くためには、我々は恐れを抱くことなく考えねばならない。そしてもしも恐れを抱くことなく考えれば、我々は正統的な立場に立つことはできない。支配的な正統が、築き上げられてから長年月を経ているがゆえに過度に真剣に受け止められていない「信仰の時代」においては、事情は別様であるかもしれない。この場合、人の内面の広大な領域が、公式に信じられているものに影響されぬ状態に留まるというのは可能であるだろう、あるいはひょっとしたら可能であるかもしれない。が、たとえそうだとしても、ヨーロッパがかつて経験した唯一の信仰の時代を通じて、散文文学は殆ど消え失せていたのである。中世の全期間を通じて、想像力の駆使された散文文学は殆ど存在しなかったし、歴史に関する著作も、書かれることが本当に殆どなかった。国の知的指導者たちは、彼らの最も大切にしていた思想を一千年間、殆ど変化を蒙ることのなかった死語〔ラテン語〕で表現したのである。

一方、全体主義は信仰の時代を約束するというよりはむしろ統合失調症の時代を約束する。社会が全体主義的になるのは、その構造が目に余るほど人工的になった時である。すなわち、その支配階級がその機能を喪失していながら、暴力や欺瞞によって権力にしがみつくことに成功している時である。そのような社会は、どれほど長く存続しても、寛容になることも、知的に安定することも決してできない。けれども全体主義によって腐敗させられるためには、全体主義国に住むには及ばないのである。なにしろ若干の思想が優勢になるだけで、文学の目的達成上必要なテーマを取り上げるのを次々に不可能にする毒が、広まりうるのである。一つの正統が——いや二つの正統とさえ言えるのだが——が強制されれば、どこでも、良質の著述は終止符を打たれる。これはスペイン内乱によって見事に実証された。英国の多くの知識人にとって、この内乱は心を深く揺さぶられる経験だった。が、それは嘘偽りなく書ける経験ではなかった。発言することを許されていたのはたった二つ〔人民戦線政府は民主主義の味方である。フランコはムッソリーニとヒットラーの傀儡《かいらい》である〕だったが、いずれも見え透いた嘘だった。その結果、この内乱は汗牛充棟の趣のある大量の著作を生み出したが、読むに値するものは殆ど一つもなかった。

全体主義の詩に対する影響は、散文に対する影響と同様に致命的であるより他はないのか、それは定かではない。が、詩人が散文作家よりも、全体主義の社会で幾分くつろげる理由、収《しゅう》斂《れん》するように、ひとつながりになっている理由がある。まず第一に、官僚やその他実務に携わっている人たちは詩人を極度に軽蔑しているから、詩人が語っていることに大して関心を示さない。第二に、詩人が語っていること――すなわち、もしも詩が散文に訳された場合に詩が「意味している」ところのもの――は比較的重要でない。それは詩人自身にとってさえ比較的重要でない。詩に盛り込まれた思想は、絵に書き添えられた逸話が絵の主要な目的でないのと同様に、詩の主要な目的ではない。詩は、音や連想を配列したものである、絵が画筆の跡を配列したものであるように。実際、詩は短い断片の場合は、歌のリフレインと同様に、全く意味なしで済ますことさえできるのだ。だから、詩人が危険な主題に近づかず、異端的な見方を表出しないようにするのは、かなり容易なことである。異端的な見方を表出した場合でさえ、注意を引かないかもしれない。考えてみれば、とりわけ良い韻文は、良い散文とは異なって、必ずしも個人が生み出したものとは限らない。若干の種類の詩、バラッドのような詩、あるいは翻って頗る人工的な形式の詩は、いくつかの集団が協力し合って作ることができる。古代のイングランドやスコットランドのバラッドはもともと個人によって作られたのか、あるいは庶民一般によって作られたのかは議論の的になっている。しかし、ともかくこれらのバラッドは口から口へと伝えられるにつれて絶えず変化を蒙ったという意味で、非個人的なものである。バラッドは印刷された場合でさえ、二つの版が全く同一ということはなかった。多くの未開民族は詞を共同制作の形で創作している。誰かが即興で歌い始める、まず間違いなく何らかの楽器で伴奏をつけながら。また最初の歌い手の歌が途切れると、他の誰かが節や韻をもって割り込んでくる。このようにして詩の制作過程は進行し続け、遂に作者不詳の歌が完成する、すなわち、バラッドが生まれることになる。

散文においては、この種の親密な共同による制作は全く不可能である。ともかく、純文学を目指した散文は孤独のうちに書かれねばならない。これに対して、集団に属しているところから生じる興奮は、実際、若干の種類の詩作の助けになる。詩——最高の詩とは言えないにしても、それなりに良いと言える詩——は、この上なく異端審問性を帯びた支配体制の下でも生き延びるかもしれない。自由や個としての人間存在が消滅させられている社会においてさえ、愛国的な歌や数々の祝勝の彩りの添えられた英雄譚的バラッド、あるいは凝ったへつらいの習作といった類いの詩は依然必要とされるだろう。こういった詩は注文に応じて作られたりする詩、あるいは共同制作の形で作られたりする詩であるが、必ずしも芸術的価値に欠けているとは限らない。一方、散文作家はおのれの思考の幅を狭めてしまえば、おのれの創作能力を必ず殺すことになるから、散文の問題は韻文の問題とは異なるのである。しかし全体主義社会の歴史、あるいは全体主義のものの見方を採用して集団を成している人々の歴史は、自由の喪失は文学のあらゆる形式にとって有害であるということを示している。ヒットラー体制下でドイツの文学は殆ど消滅した。イタリア〔ムッソリーニ体制下のイタリア〕で、事情はドイツよりはるかに好ましいものだったなどとは言えない。翻訳で判断しうる限り、ロシア文学は革命初期以降、際立って悪化している。もっとも韻文の中には散文よりはましだと思われるものがありはするのだが。本気で評価できるようなロシアの小説の過去約一五年間の英訳は、あったとしてもごくごく少なかったと言える。そして西欧と米国では、文学者によって形成された知識階級の大方は共産党〔共産党への入党〕を経験しているか、あるいは共産党に温かい共感を寄せ続けるかしている。しかしこのような左傾運動全体は読むに値する作品を、異常とも言えるほど少ししか生み出していない。繰り返して言うが、正統派カトリック教は文学のいくつかの形式に、とりわけ小説に、壊滅的な作用を及ぼしているように思われる。過去三〇〇年間、立派な小説家であると同時に立派なカトリック教徒であった人が何人いるだろうか。実を言えば、主題の中には言語表現を通じて祝意を表することのできないものがあるのだ。圧政はその一つだ。異端審問所を賞賛して良い本を書いた人はこれまで一人もいない。詩は全体主義の時代にあっても生き延びるかもしれない。若干の芸術、あるいは半芸術的な建築術のようなものは、圧政を有益なものと捉えさえするかもしれない。しかし散文作家は全体主義の時代においては沈黙を守るか、死出の途に赴くか、それ以外に取りうる道はないだろう。我々が知っている散文文学は理性論の産物、プロテスタントの四、五世紀の産物、自律的個人の産物である。知的自由の破壊は、ジャーナリスト、社会学者、歴史家、小説家、批評家、詩人といった順序で、これらの人たちの活力を失わせるのである。未来においては、自律的個人の感情や真実に基づく観察などを要件としない新種の文学が生まれるかもしれない。しかしそうした文学は、今は想像することすらできない。もしもルネサンス以来、存続している自由を価値とする文化が終わりを告げたら、それとともに、文学という芸術は滅亡するというのが、新種の文学の誕生よりもはるかに可能性が高いことのように思われる。

勿論、印刷の使用は続くことになるのであるから、どういう種類の読み物が、厳格を極めた全体主義的な社会において生き延びるかについて推測するのは、興味深い。新聞は、テレビの技術が際立って高いレベルに達するまでは、恐らく存続するだろう。新聞はさておき、今でさえ先進工業国の国民の大多数が、文学はどんな形式のものでも必要である、と思っているかどうか、疑わしい。ともかく国民の大多数は文学作品を読むことに、他のいくつかのレクリエーションに費やすのと殆ど同程度に金や時間を費やすのは、いやなのである。多分長篇小説や短篇小説は映画やラジオの制作物に完全に取って代わられることになるだろう。あるいは、ことによると、ある種の低級な煽情的フィクションは、人間の独創力を最小限度に減らす働きをする一種のベルトコンベアの工程で制作されるので、生き延びることとなろう。

機械によって本を書くというのは、恐らく人間の発明の才の範囲を超えたものではないだろう。が、一種の機械化の工程の作用は、映画に、ラジオに、広告や宣伝に、そしてジャーナリズムの下等な領分に、既に認められうる。例えばディズニーの映画は、本質的に工場の工程に他ならぬものによって制作されている。作品は、一部は機械によって、一部はおのれの個性的な様式を軽視しなければならない芸術家の複数のチームによって、制作されている。ラジオの特別番組の原稿は、普通は疲れ切った売文家たちによって書かれるのであり、彼らには前もってテーマやその処理の仕方が指図されている。これだけでもひどいのだが、もっとひどいことには、彼らの書いたものは、プロデューサーや検閲官が切り刻んで、整った形に仕上げるための原材料に過ぎないということになっているのだ。政府の諸省から委託される無数の本やパンフレットの作成にしても事情は同じである。こうしたものよりも、もっとずっと機械による処理に適しているのは、短篇小説や続きものや頗る安っぽい雑誌に載せられる詩である。『ライター(作家)』のような新聞は文学学校の広告で溢れている。これらの文学学校はどれもこれも一回受講すれば、二、三シリングで、出来合いのプロットを受講者に提供する。なかにはプロットと一緒に、各章の出だしの数行と末尾の数行とを提供するのもある。またなかには、それを用いれば自分でプロットを構成できるような一種幾何学的な定式を提供するのもある。さらに、なかには人物や状況の記された幾組かのカードを提供するのがある。工夫に富んだ短篇を自動的に生み出すために、このカードを切り交ぜ、配置しさえすれば良いのである。何かそういうふうなやり方で、全体主義国の文学は作り出されるのであろう、もしも文学は必要であると依然感じられているならば。想像力は――そして可能な限り、意識でさえ――書くという行為から排除されるだろう。作品は大まかな筋が官僚によって考案され、多くの人の手を経るから、完成した時には、生産ラインの最終工程を経たフォード車が個人の刻印を帯びていないように、個人の刻印を帯びていない。このようにして作り出されたものが屑であるというのは、論を俟たない。しかし屑でないものはすべて、国家の構造を危険にさらすということになろう。生き延びてきた過去の文学に関して言えば、それは発禁になるか、あるいは少なくとも精巧に書き替えられねばならないということになろう。

一方、全体主義は至る所で完全に勝利を収めているとは限らない。我が英国の社会では、自由は、大まかに言えば、依然として重んじられている。言論の自由を行使するためには、経済的圧力や世論を作り出す強力な諸派と闘わなければならないが、まだ、今のところ、秘密警察と闘わなければならないというような事態には立ち至っていない。衆目環視とならないようなやり方でなら、意欲のある限り、殆どどんなことについても、発言したり、印刷したりすることができる。不気味なのは、本論の最初の方で言ったように、自由に対して意識的に敵になっている人々は、本来自由を最も重んじて然るべき人々であるということである。一般大衆はどのみち自由のことを気にかけてはいない。異端を迫害することに賛成はしていないが、異端の擁護に力を尽くすということはしない。彼らはあまりにも正常であり、同時にあまりにも愚鈍だから、全体主義のものの見方を身につけることはできない。知的誠実に対する直接的で意識的な攻撃は知識階級それ自体によって為されているのである。

多分、親ソの知識階級は、ソ連神話に仮に屈しなかったとしても、今一つのおおむね同種の神話に屈していただろう。が、とにかくソ連神話は存在しているのであり、それが引き起こす腐敗は悪臭を放っている。高度に教育を受けた人々が圧制や迫害を、無関心の眼差しで眺めているのを見る時、我々は、彼らの冷笑的な態度、彼らの先見の明のなさ、そのいずれを思い切り軽蔑すべきであるか、と思う。例えば多くの自然科学者たちは没批判的にソヴィエト社会主義共和国連邦を崇拝する者となる。彼らは自分たちの専門分野の仕事が当面影響を受けない限り、自由の破壊など重要性をもたないと思っているように見える。ソヴィエト社会主義共和国連邦は、自然科学者たちを痛切に必要としている、広大な、急速に発展しつつある国である。従って自然科学者たちを寛大に扱うのである。自然科学者たちが心理学のような危険な主題を避けていれば、彼らは特権階級に属することになる。他方、作家たちは悪質なやり方で迫害されている。なるほどイリア・エレンブルグ〔Il'ya Erenburg：一八九一—一九六七。ソ連の作家〕やアレクセイ・トルストイ〔Aleksey Nikolaevich Tolstoy：一八八三—一九四五。ソ連の作家〕のような文学上の男娼は巨額の金を支給されている。が、作家それ自体にとって、そもそも価値がある唯一のもの——表現の自由——は作家から奪い去られているのである。ソ連の自然科学者が享受している数々のすばらしい機会について熱狂的に語る科学者が英国に大勢いる中で、少なくとも幾人かの科学者は作家それ自体のそういう立場を理解し得ている。けれども彼らが熟慮の末に発する言葉はこうであるように思われる。「なるほどソ連で作家たちは迫害されている。が、それがどうしたというのか。私は作家ではない」彼らは知的自由に対する攻撃、そして客観的真実という考えに対する攻撃は、長い目で見れば思考のあらゆる領域を脅かすということが分かっていない。

さしあたり、全体主義国家は、自然科学者を必要としているがゆえに、彼らを寛大に遇している。ナチスドイツにおいてさえ、ユダヤ人でなければ、自然科学者は比較的厚遇されていた。ドイツの自然科学者たちは全体としてヒットラーに抵抗する姿勢を見せなかった。歴史の今の段階では、最も独裁的な支配者でさえ、一つには細々とながらも自由な思考の慣習が存続しているから、また一つには戦争に備える必要があるから、五感で捉えられる実在を考慮に入れざるを得ない。五感で捉えられる実在がまるっきり無視されない限り、そして航空機の設計図を描いている時は2＋2は4でなければならない限り、自然科学者はその役割を有している。それ故、してある程度、自由を許されている。自然科学者の覚醒は、全体主義国家が確固として樹立された後、遅れてやって来るのである。一方、自然科学者が科学の全一性を守ろうとするなら、文学の仲間たちとの間に一種の連帯を生じさせ、作家が沈黙させられたり、自殺に追いやられたりする時、そして新聞が組織的に虚偽の報道をする時、無関心を決め込んでも差し支えない事柄などと見做したりしないのは、自然科学者の務めである。

しかし、自然科学や音楽や絵画や建築の場合はどうであれ、先ほど示そうと努めたように、思想の自由が失われれば、文学が消滅を運命づけられるというのは確かなことである。全体主義の構造を保持している国すべてにおいて、文学は消滅を運命づけられているだけではない、全体主義のものの見方を採用する作家、迫害に言い訳を見出す作家はみな、作家としての自己自身を滅ぼすことになるのだ。この自己破滅からの脱却はあり得ない。「個人主義」や「象牙の塔」には反対だ、と延々と攻撃を行っても、また「個人としての真の在り方は社会との一体化を通じてしか達成されない」という趣旨の陳腐な言葉をいくら連ねても、売られた精神は腐敗した精神であるという事実を打ち消すことはできない。ある時点で自然発生的なものが関与しなければ、文学上の創造は不可能になり、言葉自体も硬化するのだ。未来のある時点で人間の内面が今とは全く違ったものとなれば、我々は文学上の創造を知的誠実から切り離す術を知るようになるかもしれない。が、今、我々が知っているのは、想像力はある種の野生動物のようなもので、これは囚われた状態では子を産めないということだけである。この事実を否定する――そして現在行われているソ連礼賛にはこのような否定が込められている、あるいは含意されているのだが――作家やジャーナリストはみな、事実上自己自身の破壊を求めていることになる。

（一九四六年）

五　政治と英語

Politics and the English Language

この問題に少しでも頭を悩ませている人々の大半は、英語〔国語〕がひどい状態にあるということを多分認めるだろう。しかし、意識的な行動によって、この問題に手を打つことはできないと一般に思い込まれている。我々の文明は衰退している、だから我々の国語が急激な全般的衰退と歩みを共にするのは不可避とならざるを得ない――そのように主張されるのである。ここから、国語の濫用に対するどんな闘いも、電灯よりもろうそくの方が好ましいとか、飛行機よりもハンサム〔御者台が後方の一段高いところにある二人乗り一頭立ての二輪辻馬車〕の方が好ましいといった類いのセンチメンタルで時代遅れの考え方である、と論じられることとなる。こうした主張の底には、半ば無意識の信条、すなわち、国語は自然の生成物であり、従って我々が大事にしている目的に適うように形作られるべき道具ではないという信条が横たわっている。

さて、国語の衰退はつまるところ、間違いなく政治上、経済上の諸原因から発している。そうはっきり言える。軽々しく作家を一人一人取り上げて、この作家、あの作家の悪い影響によるなどと言うことはできない。ところで、結果〔国語の衰退〕は原因となりうる。それによって元の原因〔政治的、経済的諸原因〕の劣悪さは一層抜きがたいものになり、その元の原因によって衰退の度を一層高めた国語という結果がもたらされるのである。こういうふうに悪循環が果てしなく続く。人は、自分を失敗者と思うのが原因となって、酒を飲むようになる。そして酒を飲むという習癖が原因となって、いよいよ自分を完全に失敗した者だと思うようになる。英語に今生じているのは、これとほぼ同じことである。英語は、我々の考えが愚劣になっているのが原因となって、醜くなり、不正確になる。しかしだらしなくなった国語は我々が愚劣な考えを抱くのを一層容易にする。大切な一点は、悪循環に陥らせるこの流れを変えることは可能であるということである。現代英語、特に書き言葉としての英語は、悪癖、すなわち模倣を通じて広範囲に拡がってはいるが、我々が必要な手間をかけるのを厭わなければ回避できる悪癖に満ちている。そういう悪癖を除去すれば、我々はもっと明晰に考えることができるようになるのである。そして明晰に考えることは、政治の再生に必要な第一歩である。それゆえ悪癖の絡みついた英語に対する闘いは取るに足りないことではない、本職の作家に限られた関心事ではない。この問題は少し後でもう一度取り上げることにするが、それまでには、私がここで述べたことはより明瞭になっていることと思う。さて、現在常習化している書き方による英語の見本を五つ挙げておく。

これら五つの節《せつ》は特にひどいという理由で選び出されたのではない——その気になって選んでいたなら、はるかにひどい節を引き合いに出すことができただろう——今我々が患っている知的悪弊のさまざまな形式の例証となっているという理由で選び出されたのである。これらの節は標準以下のものである。が、かなり代表的なものである。後段で、必要が生じた時に、振り返って参照できるように番号をつけておく。

（1）一七世紀のシェリーのような人物に似ていないこともないとかつて思われていたかの有名なミルトンは、年を追うごとにいよいよ辛くなっていった経験から、どんなことがあっても恕《ゆる》す気がしなかったあのジェスイット派を創設した者に一層合わないと思うようになったと、言えないかどうか、実のところ、判断がつかない。

——ハロルド・ラスキ教授〔Harold Laski：一八九三—一九五〇。英国の政治学者〕：『表現の自由』

(1) I am not, indeed, sure whether it is not true to say that the Milton who once seemed not unlike a seventeenth-century Shelley had not become, out of an experience ever more bitter in each year, more alien (*sic*) to the founder of that Jesuit sect which nothing could induce him to tolerate.

—Professor Harold Laski (Essay in *Freedom of Expression*)

（2）とりわけ、ベーシックイングリッシュ〔C・K・オグデンが一九三〇年に発表した八五〇語から成る基礎英語〕流に、tolerate（耐える）の代わりにput up withを、bewilder（当惑させる）の代わりにput at a lossを、といったふうな実に言語道断な語の配置を指示している英国固有の語から成る一群のイディオム〔慣用句〕を我々は湯水のように使うわけにはいかない。

――ランスロット・ホグベン教授〔Lancelot Hogben：一八九五―一九七五。英国の著述家・動物学者〕：『インターグロサ』

(2) Above all, we cannot play ducks and drakes with a native battery of idioms which prescribes such egregious collocations of vocables as the Basic *put up with* for *tolerate* or *put at a loss* for *bewilder*.

――Professor Lancelot Hogben (*Interglossa*)

(3) 一方には、自由な個性というものがある。当然それは神経症的なものではない。なぜなら葛藤も夢も蔵していないからである。この個性のあるがままの欲求は透明性のあるものである。というのは、それは制度化した承認が、意識の前面に保っているものに他ならないからである。今一つの制度化した型が現れれば、それはこの欲求の数と強度とを多分変えるだろう。この欲求の内部には、自然で、他の状態に帰し得ないもの、あるいは文化的に危険なものは殆ど存在しない。しかし他方、社会的紐帯自体は、これらの自己安定化に資する誠実さが互いに反射し合ったものに他ならない。愛の定義を想起してみよ。これはまさに小粒の大学教師のイメージではないか。この鏡の間のどこに個性、友愛のいずれかが入る余地があるだろうか。

——学術雑誌『政治学』(ニューヨーク)掲載の心理学の論文

(3) On the one side we have the free personality: by definition it is not neurotic, for it has neither conflict nor dream. Its desires, such as they are, are transparent, for they are just what institutional approval keeps in the forefront of consciousness; another institutional pattern would alter their number and intensity; there is little in them that is natural, irreducible, or culturally dangerous. But *on the other side*, the social bond itself is nothing but the mutual reflection of these self-secure integrities. Recall the definition of love. Is not this the very picture of a small academic? Where is there a place in this hall of mirrors for either personality or fraternity?

——Essay on psychology in *Politics* (New York)

(4) 紳士クラブのすべての「最良の人々」、すべての血迷ったファシストの頭目たちは、社会主義への憎悪と、上げ潮のように高まっている大衆の革命運動への獣じみた恐怖とを共通の基盤にして結託し、彼らの意志に発するプロレタリアートの組織の破壊を合法化すべく、そして危機から脱出させる革命の道に反対する闘いのために煽動されたプチブルを、熱狂的愛国主義の白熱状態に駆り立てるべく、挑発行為、悪臭を放つ煽動主義、井戸への毒の投入といった中世の伝説にあるようなやり方に取りかかっている。

——共産党のパンフレット

(4) All the 'best people' from the gentlemen's clubs, and all the frantic fascist captains, united in common hatred of Socialism and bestial horror of the rising tide of the mass revolutionary movement, have turned to acts of provocation, to foul incendiarism, to medieval legends of poisoned wells, to legalize their own destruction of proletarian organizations, and rouse the agitated petty-bourgeoisie to chauvinistic fervour on behalf of the fight against the revolutionary way out of the crisis.

——Communist pamphlet

(5) もしも新しい精神がこの古い国に吹き込まれることになるとしたら、取り組まれねばならない、一つの厄介な、物議をかもすことになる改革がある。それはＢＢＣに人間性を与えること、強烈な刺激を与えることである。この点で臆病風に吹かれるとしたら、それは、魂が潰瘍と消耗症を起こしていることの証拠になる。例えば、英国の心臓は健全で脈搏は力強さを感じさせるかもしれない。しかし、現在の英国の吠え声はシェイクスピアの『夏の夜の夢』のボトム〔機屋のボトム。ロバに変身させられる人物〕の吠え声のようなものである——つまり羽毛の生《は》えそろっていないどんなハトでも発するようなやさしい声なのだ。強力な新しい英国は、「標準英語」なるものを、ずうずうしく見せびらかしているランガム・プレイス〔BBCの番組〕の、志を忘れた無気力が、世界の目に映り、いや世界の耳に響き、果てしなく中傷にさらされ続けるのを許すわけにはいかない。九時に「英国の声」が放送される時、非の打ちどころがない様子をし、恥ずかしそうなそぶりを見せて、猫が鳴くような声を発する当節の乙女たちが、気障で仰々しくて、自己規制を利かしている女教師風に、小賢しくわめき声を立てるのを聞くよりは、h音がきちんと落とされて発音されるロンドン訛りを聞く方がはるかにましであり、滑稽さの度合いも限りなく低いと感じさせられるのだ！

――『トリビューン』誌への投書

(5) If a new spirit *is* to be infused into this old country, there is one thorny and contentious reform which must be tackled, and that is the humanization and galvanization of the B.B.C. Timidity here will bespeak canker and atrophy of the soul. The heart of Britain may be sound and of strong beat, for instance, but the British lion's roar at present is like that of Bottom in Shakespeare's *Midsummer Night's Dream* — as gentle as any sucking dove. A virile new Britain cannot continue indefinitely to be traduced in the eyes, or rather ears, of the world by the effete languors of Langham Place, brazenly masquerading as 'standard English'. When the Voice of

Britain is heard at nine o'clock, better far and infinitely less ludicrous to hear aitches honestly dropped than the present priggish, inflated, inhibited, school-ma'amish arch braying of blameless bashful mewing maidens!

——Letter in *Tribune*

これらの節はそれぞれ特有の欠点を蔵しているが、回避可能な醜さは全く別として、すべての節に二つの性質が共通している。第一のものは比喩の陳腐さである。もう一つは正確さの欠如である。書き手の頭の中には一つの意味があっても、彼はそれを表現できないか、あるいはうっかり別のことを言ってしまっているか、あるいは自分の使っている言葉が何を意味しているかいないかに殆ど無関心であるか、いずれかである。このような意味のあいまいさと不適合性の混合は現代の英語散文の、とりわけすべての政治的文章の最も際立った特徴である。いくつかの問題が取り上げられるや否や具体的なものは溶解して抽象的なものと化し、陳腐ではない言い回しを思いつくことのできる人は一人もいないといったありさまだ。その意味のゆえに選ばれた語で散文が成り立つ例はいよいよ少なくなっている。プレハブ方式で立てられる鶏舎の部品のようにつなぎ合わされた言い回しで、散文が成り立つ例はいよいよ多くなっている。以下に、いくつかの詐術、すなわち散文構成という仕事を常習的にごまかしの利くものにしている詐術を、注と例を添えて、列挙する。

瀕死の隠喩

新しく生み出された隠喩は心の目に映るような像（イメージ）を喚び起こし、思考を援ける。一方、厳密に言えば「死んでいる」隠喩（例えばiron resolution 鉄石の決意）は、事実上、普通の語の地位に戻ったのであり、概して、鮮明さを失うことなく使用されうる。この二種類の隠喩の間に、像を喚起する力を全く失った隠喩、単に人が独力で言い回しを生み出そうとする際の難儀を省いてくれるという理由だけで使われている、巨大なゴミの山のような使い古された隠喩が入り込んでいる。例をいくつか挙げてみる。ring the changes on（手を替え品を替えてやる）、take up the cudgels for（～のために敢然と闘う）、toe the line（統制に服する）、ride roughshod over（～を踏みにじる）、stand shoulder to shoulder with（～と肩を組んで立ち向かう）、play into the hands of（～の思うつぼにはまる）、no axe to grind（腹に一物なし）、grist to the mill（儲けの種。利益）、fishing in troubled waters（混乱に乗じて利をはかること。漁夫の利を得ること）、rift within the lute（不和の兆し）、on the order of the day（議事日程に従って。当節の風潮に従って）、Achilles' heel（泣きどころ）、swan song（白鳥の歌。最後の作品）、hotbed（温床）。これらの語句の多くはその意味も分からぬまま使用されている（例えばriftの意味は何であるか）。両立しない隠喩がしばしば混じり合っている。これは書き手が自分の言っていることに関心をもっていないことの確かなしるしである。当今、広く用いられている隠喩のいくつかは元の意味が捻じ曲げられて使われているが、使っている当人がそのことに気づきさえしていないのだ。例えば、toe the lineは時折tow the lineと書かれる。もう一つの例は、the hammer and the anvil（鉄鎚《かなづち》と鉄床《かなとこ》）である。これは、現在は、つねに鉄床が負けるという意味をもつものとして使われている。が、現実の世界では鉄鎚を壊すのは鉄床であり、その逆ではない。自分が行っていることを立ち止まって考える人はそれに気づいているだろう。そしてこの語句の元の姿を捻じ曲げて使うのを避けようとするだろう。

作用語あるいは言語上の義肢

こうしたものは適切な動詞や名詞を選ぶ面倒を省いてくれる。と同時に均整美があるように見せかけるための余分の音節で、それぞれの文にパッド（詰め物）を入れてくれるのである。典型的な句は次のようなものである。render inoperative（～を無効にする）、militate against（～に不利に作用する）、prove unacceptable（容認不可と判明する）、make contact with（～と連絡を取る）、be subjected to（～の支配下に置かれる）、give rise to（～を引き起こす）、give grounds for（～の根拠を差し出す）、have the effect of（～の効き目がある）、play a leading part（role）in（～の主役を演じる）、make itself felt（存在を印象づける。影響を及ぼす）、take effect（発効する）、exhibit a tendency to（～の傾向を示す）、serve the purpose of（～の目的に適う）等々。基調を成しているのは単体の動詞の排除である。break, stop, spoil, mend, killといった単体の語は使われず、動詞は多目的のprove, serve, form, play, renderといった動詞に結合された、名詞あるいは形容詞から成る句となる〔単体の動詞は使われず、動詞句が使われる〕。その上、可能な場合にはいつでも能動態に優先して受動態が用いられる。そして動名詞の代わりに名詞に拠る構成が用いられる（by examiningではなくてby examination ofが使われる）。単体動詞の使用範囲は、-izeやde-による構成によってさらに狭められる。そして陳腐な論述がnot un-を含む構成で、深みを帯びているように見せかけられる。単体の接続詞や前置詞は、with respect to（〜に関して）、having regard to（〜に関して）、the fact that（という事実）、by dint of（〜〔すること〕によって）、in view of（〜に鑑みて）、in the interests of（〜のために）、on the hypothesis that（〜と仮定して。という仮説に基づいて）といったような句に取って代わられている。そして文の末尾は次のような高らかに響く決まり文句によって拍子抜けから救われることとなる。greatly to be desired（大いに望まれる〔求められる〕ところである）、cannot be left out of account（無視され得ない。考慮の外に置かれ得ない）、a development to be expected in the near future（近い将来、その生起が予想される進展〔展開〕）、deserving of serious consideration（真摯な考慮に値する）、brought to a satisfactory conclusion（満足すべき結末に達して。上首尾に終わって）等々。

もったいぶった言い回し

phenomenon（現象）、element（要素）、individual（個人）、objective（客観的な）、categorical（絶対的な）、effective（有効な）、virtual（事実上の）、basic（基本的な）、primary（主たる。第一位の。基本的な）、promote（促進する）、constitute（構成する）、exhibit（提示する）、exploit（活用する。搾取する）、utilize（利用する。役立てる）、eliminate（排除する）、liquidate（粛清する）といったふうな語は複雑

でない論述を見栄えがするものにするために、そして偏見に基づいた判断に科学的な公明正大さの気配を与えるために使われている。epoch-making（新時代を開く。画期的な）、epic（勇壮な）、historic（歴史上重要な）、unforgettable（忘却の彼方に押しやれない。記憶にいつまでも残る）、triumphant（意気揚々たる）、age-old（幾多の星霜を経た）、inevitable（不可避の。必然的な）、inexorable（厳然たる。容赦しない）、veritable（紛れもない。正真正銘の）といったふうな形容詞は、国際政治の薄汚い歩みに威厳を添えるために使われている。一方、戦争の美化を狙っている時の筆遣いは、たいてい古風な色合いを帯びる。その際用いられる典型的な語は次のようなものである。realm（国土。領域）、throne（王位）、chariot（二輪の戦車）、mailed fist（武力）、trident（三叉の槍）、sword（剣）、shield（盾）、buckler（円形の盾）、banner（軍旗）、jackboot（軍用長靴）、clarion（クラリオン。昔のラッパ）。外来語や次のような表現、すなわちcul de sac（行きどまり）、ancien《アンシャン》 régime《レジーム》（旧制度）、deus《デウス》 ex《エクス》 machina《マキナ》（思わぬ救いの神〔不自然で強引な解決をもたらすもの〕）、mutatis《ミュタティス》 mutandis《ミュタンディス》（必要に応じて変更を加えて。個々の違いを考慮して）、status quo（現状）、Gleichschaltung《グライヒシャルトゥンク》（統制）、Weltanschauung《ヴェルトアンシャウウンク》（世界観）といった語は、文化と優雅さの雰囲気を添えるために使われている。有用な略語（i.e.〔すなわち〕、e.g.〔例えば〕、etc.〔など〕）を除いて、現在英国で広く用いられている幾百もの外来語の言い回しはどれも、実のところ、使う必要などないのである。質の悪い作家たち、特に自然科学系、政治学系、社会学系の作家は、殆どつねに、ラテン語系の語、ギリシア語系の語はサクソン系の語よりもすばらしいという考えに取り憑かれている。expedite（促進する）、

ameliorate（改善する）、predict（予測する）、extraneous（外来の、外生の）、deracinated（根こぎにされた）、clandestine（秘密の）、subaqueous（水中で行われる）といった語やその他幾百もの語がアングロサクソン語〔一二五〇年頃以前の英語〕の対応語から人々の支持を絶えず奪って優勢になっている。* マルクス主義者の著作に特有の特殊用語、hyena（ハイエナ〔裏切者〕）、hangman（絞首刑執行人）、cannibal（人食い人種）、petty bourgeois（プチブル〔小市民階級。中産階級〕）、these gentry（こういうやから）、lacquey（追従者）、flunkey（おべっかつかい）、mad dog（暴徒）、White Guard（白衛軍〔ロシア革命以後ボルシェヴィキ革命軍と戦った皇帝派の軍隊〕）等々は、主としてロシア語やドイツ語やフランス語から訳された語、句である。しかし新語を作り出す通常のやり方は、ラテン語やギリシア語を語根とし、これに適切に接頭辞を、そして必要な場合には、-izによって形成されたものをくっつけることである。次のような種類の語、deregionalize（脱地方分権化を行う）、impermissible（容認され得ない）、extramarital（婚姻外の。不倫の）、non-fragmentary（非断片的な）等々を作り出すのは、自分が意味していることを包含している英語を考え出すよりも、容易である場合が多い。その結果は、たいてい、杜撰さと不確かさの増大である。

*——これを興味深く説明しているものとして、つい最近まで使用されていた英語の花の名がギリシア語の名に取って代わられているという事実がある。snapdragon（キンギョソウ）は、antirrhinum《アンタライナム》になり、forget-me not（ワスレナグサ）はmyosotis《マイアソウタス》になっている。その他いろいろある。こうした流行の変化の実際的な理由を見つけるのは困難だが、恐らく、素朴さで際立っている語から本能的に顔

をそむけることによるのだろう。さらにギリシア語に対して科学的であるという漠とした感情を抱いていることによるのだろう。

無意味な語

若干の種類の叙述において、特に美術批評や文芸批評の叙述において、ほぼ完全に意味に欠けた節に出くわすのは、ごく普通のことである。* 美術批評で使われているromantic（ロマン派の）、plastic（形成力のある）、values（価値観）、human（人間味のある）、dead（生気に欠けた）、sentimental（情感のある）、natural（自然のままの）vitality（活力）は、厳密にいえば、単に、我々が発見しうるいかなる対象をも指していないという点においてだけでなく、発見することが読者に殆ど期待されてもいないという点でも、無意味である。ある批評家が「X氏の作品の際立った特徴は、その生き生きとした質の良さである」と書き、いま一人の批評家が「X氏の作品で、すぐに印象づけられるのは、その特有の生気のなさである」と書いたとしたら、読者はこれを単に意見の相違としか受け取らないだろう。ところで、生気に欠けている（dead）とか、生気を帯びている（living）といった職業語ではなくて、黒、白というような語が使われている場合は、不適切な使われ方は読者に直ちに見抜かれるだろう。多くの政治的用語は、黒、白という語が用いられる場合と同様に、不適切に用いられている。ファシズムという語は、「何か好ましくないもの」という意味で用いられている場合を除けば、今は、意味をもっていない。

民主主義、社会主義、自由、愛国的、現実的、公平は互いに調和させることのできないいくつかの異なった意味をそれぞれ帯びるに至っている。民主主義のような語の場合は、一致した定義がないだけでなく、一致した定義を見出そうとする試みはあらゆる方面から妨害を受ける。我々がある国を民主主義的と呼ぶとしたら、その国をほめているのだと、おおむね普遍的に受け取られる。従って、どんな体制であっても、その体制の擁護者たちは自分たちの体制は、民主主義の体制であると主張するのである。そして仮に民主主義が何か一つの意味に結びつけられるようになったら、この語の使用の中止に追い込まれるのではないかと、彼らは危惧する。ところでこの種の語はしばしば意識的に不誠実な仕方で使用される。すなわち、この種の語を用いる者は、おのれに特有の定義を密かに隠しもっているのだが、聞き手が、その密かな特有の定義とは全く異なったことをこちらは意味しているのだ、と受け取ると、そのままにして訂正などしない。さて、次のような主張、すなわちペタン元帥〔一八五六―一九五一。ナチスに協力し、ヴィシー（フランス西部の臨時首都）政府の国家元首を務めた、戦犯として獄死〕は真の愛国者であった、ソヴィエトの新聞は世界で最も自由な新聞である、カトリック教会は迫害に反対している、などという主張は、殆どつねに欺くのを意図して為されているのである。さまざまな意味を帯びさせられて、たいていの場合、おおむね不誠実に使われている他の語は、階級、全体主義的、科学、進歩的、反動的、ブルジョア、平等である。

＊――例：「カムフォート〔Alex Comfort：一九二〇―二〇〇〇。英国の医師・詩人・作家〕の知覚と

表象の普遍性は、その感覚領域において奇妙にホイットマン風であるが、美的衝動においては、これとは殆ど正反対のものであり、それは残酷で、無情で、静かな無時間性に対する、あの震えるような、ムード的なものの積み重ねから発される暗示を、喚び起こし続けるのである……レイ・ガーディナーは簡単に狙えると思える標的の中心円を正確に狙うことによって優位に立っている。ただ標的の中心円は、本来そう簡単に狙える性質のものではない。この充足した悲哀を貫いて、表層のほろ苦い諦念以上のものが走るのである。」（『季刊　詩』）。

Example: 'Comfort's catholicity of perception and image, strangely Whitmanesque in range, almost the exact opposite in aesthetic compulsion, continues to evoke that trembling atmospheric accumulative hinting at a cruel, an inexorably serene timelessness...Wrey Gardiner scores by aiming at simple bullseyes with precision. Only they are not so simple, and through this contented sadness runs more than the surface bitter-sweet of resignation.'（*Poetry Quarterly*）

ごまかしと曲解の例をざっと列挙してきたので、ごまかしと曲解が導く今一つの種類の叙述の例を挙げさせていただきたい。今度は、その性質上、想像力が加わったものであるより他はない。では、良質の英文の一節を、この上なく質の悪い英文に翻訳してみよう。まず、良質の英文、「伝道の書」〔「コヘレトの言葉」九：一一〕の有名な詩節を引用する。

太陽の下、私は振り返って見た。
足の速い者のために競走があるのでもなく

勇士のために戦いがあるのでもない。
知恵ある者のためにパンがあるのでもなく
聡明な者のために富があるのでもなく
知者のために恵みがあるのでもない。
時と偶然は彼らすべてに臨む。

I returned, and saw under the sun, that the race is not to the swift, nor the battle to the strong, neither yet bread to the wise, nor yet riches to men of understanding, nor yet favour to men of skill; but time and chance happeneth to them all.

次に現今の文。

当今の現象を客観的に考察すれば、競争的活動における成功、不成功は生来の能力に釣り合う傾向を示していないという結論、不可測の、少なからぬ要素がつねに考慮に入れられねばならないという結論に否応なしに導かれる。

Objective consideration of contemporary phenomena compels the conclusion that success or failure in competitive activities exhibits no tendency to be commensurate with innate capacity, but that a considerable element of the unpredictable must invariably be taken into account.

第二の文はパロディーである。が、ひどく雑なパロディーではない。例えば、先に例示した節の(3)は上の英文と同種の英文を幾切れかの当て布のように含んでいる。現今の文に完全に訳したものではないということは見て取れよう。この訳の最初と最後はかなり注意深く原文の意味を辿っている。が、真ん中あたりでは、具体的な例——競走、戦い、パン——は溶解して、「競争的活動における成功、不成功」という漠然とした句になっている。そうなるより他はなかったのだ。というのは私が俎上に載せている現代作家——「当今の現象の客観的考察」という句を使いうる作家——の中で、第一の文のように正確に詳細に、おのれの考えをまとめようとする者はおよそ一人もいないからである。この二つの文をもう少し綿密に分析してみよう。第一の文は四九の語を含んでいるが、音節の数は六〇に過ぎない。使われている語はすべて日常生活で使われている語である。第二の文は三八の語を含み、音節の数は九〇である。その語の中で、一八はラテン語系、そして一つはギリシア語系である。第一の文は六つの生き生きとした表象(イメージ)を含んでいる。漠然としていると呼ばれうる句はただ一つである(「時と偶然」)。第二の文は新鮮で、注意を引くような句はたった一つも含んでいない。第二の文は、音節は九〇あるにもかかわらず、第一の文に含まれている意味の縮小版を与えているに過ぎない。けれども疑いもなく現今の英語で確実に地歩を得つつあるのは第二の類いの英文である。私は誇張することを欲しない。この種の文章術はまだ遍在していない。たしかに明快な表現の露出は、質的に最も劣る文の中にも、散見される。それでも、もしも読者や私が、人間の運命の定かならぬことについて数行書けと言われたら、十中八九、「コヘレトの言葉」に近い文を書くのではなく、私が想像力を働かせて作り上げた文に近い文をまず間違いなく書くだろう。

　これまで示そうと努めてきたのは、最も劣悪な現代の文章術の本質は、語をその意味のゆえに選び、その意味を一層明瞭にするために比喩的表現を生み出すというところには存しないということである。それは、既に誰か他の人によって整えられた、細長い布切れのような語をいくつか糊づけにするところに、そして、そうして出来上がったものを純然たるごまかしによって、人前に出せるものに仕立て上げるところに存している。そういうやり方での文章作成の魅力は、容易であるというところに存する。私は思うと言うよりはむしろ、私の意見では、〜ということは正当化され得ない想定ではないと言う方が、はるかにやさしい。ひとたびそういう言い方が習癖となれば、発言ははるかに迅速に行えるようにさえなる。出来合いの句を使うようになれば、言葉を探し求める必要はないだけでなく、文のリズムに気を配る必要もないということになる。一般に出来合いの句は幾分耳に快く響くように整えられているからである。急いで文を構成する時——例えば速記者に口述している時、あるいは演説をしている時——もったいぶったラテン語系の語を多用した話しぶりに陥るのは自然なことである。「我々が心に銘記して然るべき考察」とか「我々すべてがもろ手を挙げて賛成する結論」といったような締めくくりの言葉は、多くの文がドスンと落下しそうになるのを救ってくれる。使い古された隠喩や直喩や慣用句の使用は、知的努力を大分省いてくれる。しかし陳腐な比喩や慣用句の使い手は、おのれの真意をおのれ自身にとってばかりでなく、読者にとっても不確かなものにするという代償を払うことになるのだ。これは混喩〔二つ以上の矛盾する隠喩の混用〕が使われる場合に思い知らされることである。隠喩の唯一の目的は、目に見えるように像（心象）を喚び起こすことである。二つ以上の像が衝突する時――例えばファシストのタコはその白鳥の歌を歌ったとか、ジャックブーツ（軍用長靴）はるつぼに投げ入れられる、と言う場合のように――書き手は、おのれが指し示している対象の、目に浮かぶような像を見ていない、と確かに言える。言葉を換えれば、彼は、本当は、考えることをしていないのである。本論の最初の方で例示した節を今一度見てみよう。（1）のラスキ教授は五三語の中で、五つの否定語を用いている。否定語の一つは余分なものであり、節全体を無意味なものにしてしまっている。その上、akin（似通っている）とすべきところをalien（合わない）にするという過ちが犯されている。節全体の不明確さを高めるぎこちない語句、回避しようと思えば回避できるぎこちない語句の使用がいくつか見出される。（2）のホグベン教授は処方箋を書くのなら使える一群の語を湯水のように使っている。日常語put up withを認めないと言っておきながら辞書を引いてegregiousの意味を調べるのは好まないのである。(3)は、もし無慈悲な態度を取るなら、率直に言って、全く意味を成していない。多分、この節を含んでいる論文全体を読めば、何を意味しようとしているかを、どうにか摑み取ることはできるだろう。(4)において、書き手は自分が何を言おうとしているかを幾分理解している。しかし、生気のない句の積み重ねは、流し台を塞ぐ茶殻のように、彼を窒息させている。(5)においては、言葉と意味は殆ど袂を分かっている。こういうやり方で書く人たちは、たいてい、大雑把ながら、感情を刺激するような意味を胸中に蔵している――彼らはある一つのことを嫌悪し、他のことでは連帯を表明したいと思っている――が、自分たちが述べようとしていることの詳細には関心がないのである。おのれの書く文のすべてにおいて、細心の注意を払う作家は少なくとも次のような四つの問いをおのれに向かって発する。私は何を言おうとしているのか。これを表すのはどのような言葉であるか。どのような比喩的表現やイディオム(慣用句)が表出を一層明晰にするか。使われる比喩的表現は効果を生むほど新鮮であるか。そしてそういう作家は、大方、さらにもう二つ次のような問いをおのれ自身に向かって発するだろう。もっと簡潔に表現することはできないだろうか。避けようと思えば避けることのできる何か醜いことを書きはしなかったか。我々はこうした面倒なことを徹底して行うように義務づけられてはいない。そこで、知的扉をすっかり開けっぱなしにして、出来合いの語句が殺到するに任せて、この面倒なことを避けることができるようになる。すると、出来合いの語句が我々に代わって文を構成してくれる――ある程度まで、我々に代わって考えることさえしてくれる――出来合いの語句は、必要な時には、我々の真意を、部分的ながら、我々自身からさえ隠すという由々しい奉仕をしてくれる。政治の劣悪化と言葉の劣悪化との格別な繋がりが明らかになるのは、こういう点においてである。

　我々の時代において、政治を扱った書き物が劣悪な書き物であるというのはおおむね本当のことである。劣悪な書き物ではない場合、書き手は、たいてい、「党の路線」ではなくて、おのれ一己の意見を表出する一種の反逆者である、ということが分かる。「正統」は、どんな政治的カラーのものでも、生気に欠けた、模倣的な文体を要求するように思われる。パンフレットや社説やマニフェストや白書や次官の演説などは、勿論、党派によって異なる。が、新鮮な、生き生きとした手作りの言い回しが九分通り決して見出され得ないという点では、似通っている。どこかの疲れ切った小者政治家が演壇上で、よく知られた句――獣類のような残虐行為、鉄のかかと、血にまみれた圧制、全世界の自由な人民、肩を組んで立ち向かう――といったよく知られた句を機械的に繰り返して口にしているのを見る時、一人の生きた人間を見ているのではなく、何か一種の人体模型を見ているという奇妙な感じにしばしば襲われる。これは光が演説者のめがねを照らし、めがねを、その後ろに目をもたぬように思わせる二つの黒い円盤に変える瞬間に突然一際強くなる感じである。これはまんざら奇想に発する見方でもない。こういう語句を使う演説者はおのれを一個の機械に変える方向へ多少歩を進めているのだ。音は喉頭から適切に出てきているが、彼の頭脳は、彼が自分自身で語を選んでいる場合に関与するようには、関与していない。もしも彼が行っている演説が、彼が何度も繰り返して行うことに慣れている演説であれば、彼は自分が何をしゃべっているかを殆ど意識していないかもしれない、ちょうど教会で我々が唱和（レスポンス）を唱える場合のように。意識のこうした衰退状態は、政治的画一性に不可欠ではないにしても、少なくとも好都合な状態ではある。

我々の時代においては、政治に関する演説や書き物は、主として、弁護の余地のないものを、弁護するのを本質としている。英国によるインド統治の継続〔一九四七年まで英国の植民地〕、ソ連における粛清や強制移住、日本への原爆投下などは、なるほど弁護されうる。しかし、それは、たいていの人にとって正視に耐えないほど残忍な論拠、諸政党が公言している目的とは合致しない論拠によってしか弁護され得ないのだ。かくして、政治にかかわる言葉は婉曲語句や論点回避や曖昧模糊の極みで成り立たねばならないということになる。無防備の村落が空爆される。住民〔農民〕が強制的に辺境へ追いやられる。家畜が機銃掃射される。焼夷弾で家々が焼かれる。こうしたことが和平工作と呼ばれている。幾百万人もの農民が農場を奪われ、殆ど着の身着のままで、遠い道のりを重い足取りで歩いていくように強制される。これは住民の移転あるいは国境の改正と呼ばれる。人々は裁判抜きで幾年も刑務所に閉じ込められる。あるいは背後から首筋に銃弾を撃ち込まれる。あるいは北極地方の、伐木が主たる労働とされている強制収容所で壊血病にかかって死ぬ。こうしたことは信頼できぬ分子の除去と呼ばれる。このような語句は物事を、その像（イメージ）を心に思い浮かばせずに、取り上げようと欲する際に必要となる。

例えば、ソ連の全体主義を擁護しつつ、安楽に暮らしているどこかの英国の教授を考察してみよ。この教授は率直に「私は反対者を殺害することによって、良い結果が得られるなら、反対者を殺害するのは良いと信じる」と言うことはできない。そこで彼はまず間違いなく何か次のような発言をすることになる。

ソヴィエト体制は人道主義者が非難しがちな若干の特徴を示していることを率直に認めるけれども、思うに、我々は政治的反対の権利の、ある程度の縮小は、移行期に不可避的に随伴するものであるということに、そしてソ連の人民が耐え忍ぶことを求められている厳しい状況は、具体的な達成が見られる領域があることによって、十分に正当化されているということに、同意しなければならない。

While freely conceding that the Soviet régime exhibits certain features which the humanitarian may be inclined to deplore, we must, I think, agree that a certain curtailment of the right to political opposition is an unavoidable concomitant of transitional periods, and that the rigours which the Russian people have been called upon to undergo have been amply justified in the sphere of concrete achievement.

仰々しい文体はそれ自体一種の婉曲表現である。多数のラテン語系の単語が事実（ファクト）の上に柔らかい雪のように降りかかり、輪郭をぼやけさせ、あらゆる細部を覆い隠している。明晰な言葉の大敵は不誠実である。我々の真の目的と公表された目的との間に隔たりが生じている場合に、我々は、いわば本能的にイカが墨を吐き出すように、字数の多い単語や使い古された慣用句に頼るものだ。我々の時代において「政治に関わらない」などということはあり得ない。あらゆる問題は政治的問題である。そして政治自体は虚偽、言い逃れ、愚行、憎悪、統合失調症的言動の塊なのである。社会全体の雰囲気が悪化している時には、言葉は損なわれる。ドイツ語、ロシア語、イタリア語が過去一〇年あるいは一五年の間に、独裁政権の結果として、劣化したのは当然の成り行きであると私は思う――もっともこれは私の不十分な知識では証拠立てることのできない一つの推測であるのだが。

さて、思考が言葉を劣化させるとしたら、言葉もまた思考を劣化させうるのである。賢明であるべきであり、現に賢明でもある人々の間においてさえ、言葉の劣悪な用い方は、習わしと模倣とによって広がりうるのである。俎上に載せている劣化した言葉はいくつかの点で極めて便利である。a not unjustifiable assumption（正当化できないとは言えない仮定）、leaves much to be desired（遺憾とすべき点が多々ある）、would serve no good purpose（目的の達成にうまく適いはしないだろう）、a consideration which we should do well to bear in mind（留意されて然るべき考察）などという句は、誘惑の魔手であることを、つまり手元にあるアスピリンのひと箱であることを止めない。本論をざっと読み返してみよ。すると私が抗議の対象にしているまさにその誤りを、私が何度も犯していることが、しかと、分かるだろう。今朝の郵便で、ドイツの状況を取り上げた小論文を受け取った。著者は、この小論文の執筆に「駆り立てられていると感じた」と書いている。私は小論文をぱらぱらと無作為にめくる。と、私の目に留まる殆ど最初の文はこうなっている。「〔連合国は〕ドイツ自体のナショナリズム的反動を予防するようなやり方でドイツの社会的、政治的構造の根本的変化を達成する機会を有しているだけでなく、協力関係を保つ統一されたヨーロッパの基礎を築く機会をも有している」。見られる通り、彼は書くようにと「駆り立てられていると感じている」――恐らく、発言すべき何か新しいことが胸の中にあると感じている――ところが彼の言葉は進軍ラッパに応える騎兵隊の馬たちのように自動的に群れを成し、お馴染みの陰気な型に堕するのだ。出来合いの句 lay the foundations（基礎を築く）、achieve a radical transformation（根本的な変化を達成する）といった句による知性の侵害は、そういう句に絶えず警戒することによってはじめて、防げる。そしてそのような句はすべて我々の脳の一部を麻痺させるのである。

私は前に、国語の劣化は十中八九、治せると言った。これを否定する者たちは、いやしくも議論を引き起こすとしたら、こう論ずるだろう。国語は単に現存の社会状況を反映しているに過ぎないのであり、語や文の構成を直《じか》にいじくり回すどんなやり方も、国語の発展に影響を与えることなどできない、と。言葉の一般的な語調や言葉に宿る霊に関する限り、このような主張の通りであるかもしれない。しかし、それは細部には当てはまらない。愚かしい語や表現は、しばしば、およそ進化論的過程を通じてではなく、少数の人々の意識的な行動によって、消え失せたのである。最近の例を二つだけ挙げると、explore every avenue（あらゆる手段を講じる）とleave no stone unturned（できるだけの手を尽くす）は、二、三人のジャーナリストの嘲りによってその使用が絶たれたのである。十分に多くの人がこのような仕事に関心をもてば、長い一覧表を成している、手垢のついた隠喩は除去されうるのである。not un-を使っての語の形成を嘲ること、* 通常の文の中のラテン語系、ギリシア語系の語の数を減らすこと、外来語や迷い込んでいる科学用語を放逐すること、そして一般に、もったいぶった表現を流行遅れにすること、そういうこともまた可能であるはずだ。しかしそうした一切は副次的な問題である。英語〔国語〕の擁護はそうしたことを超えた重要事を含意している。恐らく英語の擁護が含意していないことを述べることをもって話を進めるのが最上であろう。

*——我々はnot un-を使って語を形成するという悪癖を次のような文を暗記することによって治すことができる。

A not unblack dog was chasing a not unsmall rabbit across a not ungreen field.

国語の擁護は、まず第一に、古風な文体や廃語や廃れた言い回しを救出することや、それからの逸脱は絶対に不可だとする、「標準英語」を新たに設けることとは何の関係もない。一方、それは、もはや全く無用のものとなっているのに、依然使われているありとあらゆる単語や熟語を廃棄処分にすることとは格別な関わりがある。国語の擁護は正しい文法や統語論（シンタックス）とは何の関係もない。文法や統語論は、我々が意味しようとしていることが明晰に伝わる限り、重要ではないのである。それはアメリカ語法の回避などとは何の関係もない、あるいは、いわゆる「模範的な散文の文体」とも何の関係もない。他方それは明快さを見せかけることや書き言葉の英語を話し言葉の英語にしようなどという試みとも関係はない。また、それはいかなる場合にもラテン語系の語よりもサクソン語系の語を優先させるということも含意していない。もっとも、国語の擁護は我々の真意を包含している語を使うにしても、語の数をできるだけ少なくすること、文字の数ができるだけ少ない語を用いることはたしかに含意しているのだが。とりわけ大事なのは、意味に語を選ばせるということであり、その逆ではないということである。散文において、語を相手にしている時に、我々がやらかす最悪のことは、語に屈するということである。我々が具体的に事物を思い浮かべている時、我々は語に直《じか》に頼ることをせずに考えている。我々の心の目に映る像を描写しようとすれば、我々は、大方、その像にぴったり合うと思われる正確な語が見つかるまで探し回るということになる。何か抽象的なものを思い浮かべている時は、しょっぱなから語を使用しようとする傾向がせりだしてくる。そこで、もしもそういう傾向に陥るのを防ごうと意識的に努めなければ、既存の通語〔職業・集団に特有の言語〕が乱入し、我々に代わって仕事をするようになる。その場合、我々は我々の真意をぼやけさせ、それを変えさえするという代償を払うことになる。語の使用をできるだけ先に延ばし、我々が意味しようとしていることをイメージあるいは感覚を通じてできるだけ明晰にしておく方が多分良いだろう。そののち、我々の真意を最もよく包含している語句を——単に消極的に受け入れるということではなく——選ぶことができる。それから次の段階に移り、自分の選んだ語句が他人にどんな印象を与えることになるか、その可能性について判断する。知性のこの最後の努力は、陳腐な比喩的語句や混喩のすべて、組み立て式の語句のすべてを、そして総じて不必要な繰り返し、たわごと、不明瞭さをすべて除去することになる。しかし我々は、一つの語や一つの句のもつ効果に関して、疑念に陥る場合が多い。そこで、直観が役立たない場合に頼ることのできる規則が必要になる。次の規則はたいていの場合に適用されうると思う。

一　印刷物で見慣れている隠喩や直喩やその他の比喩的表現を決して使用しないこと。
二　文字の数の少ない語で間に合う時は文字の数の多い語は決して使わないこと。
三　語の削除が可能な場合には、つねに削除すること。
四　能動態が使えるところでは受動態は決して使わないこと。
五　外来語や科学用語や職業語は決して使わないこと、もしも同じ意味の日常語を思い起こすことができる場合には。
六　上の規則のどれか一つを守って、標準用法から完全に離れた語や句の使用に陥るくらいなら、むしろその規則を破る方がましだ、とすること。

これらの規則は基本的であるように思われる。いや実際基本的なのである。しかしこれらの規則は、今はやりの文体で書くことに慣れっこになっているすべての人に、態度の根本的な変化を求めている。これらの規則を全部守っても、それでも劣悪な英語を書くということは起こる。が、本論の最初の方で引き合いに出した五つの節（(1)～(5)）に認められるような劣悪な英語を書くことはあり得ない。

私は本論で、文学的な言葉の使い方を論じているのではない。考えを隠したり、考えを妨害したりするための道具としてではなく、表現をするための道具としての言葉について考察しているに過ぎない。スチュアート・チェイス〔Stuart Chase：一八八八―一九八五。米国の経済学者〕やその他の人々は抽象的な語はすべて意味を成していない〔だから使用を中止すべきだ〕と主張する一歩手前まで論を進めた。そして彼らのこのような見方の提示は、一種の政治上の静寂主義を唱道するという真の意図を隠すための、表向きの提示であった。ファシズムが何であるかを知らない以上、どうしてファシズムと闘うなどということができようか、と問うている。この種の愚論とまともに付き合うには及ばない。が、現在の政治的無秩序は国語〔英語〕の劣化と関係があるということ、そして言葉の使い方についての考察を端緒にして政治の改善を相当成し遂げることができるということは認められねばならない。英語を簡明にすれば、正統のこの上なく愚かしい考えから解放されることになる。

どんな職業語であれ、それでしゃべることなど、たとえ必要とされていても、できなくなる。そして我々が愚劣な話し方をすれば、その愚劣さ加減は我々自身にもはっきり分かるようになる。政治的言語は、虚偽を真実と思わせるように、殺害をまともと思わせるように、風に過ぎないものに堅固らしい外観を与えるように、と企まれている——そして、当てはまる度合いはさまざまに異なるにせよ、これは、保守党からアナーキストの政党に至るまで、あらゆる政党に当てはまることなのである。我々はこうした状態を一瞬にして変えることはできない。しかし我々は少なくとも我々自身の習癖を変えることはできる。そして時折、嘲りの声を十分大にすれば、擦り切れた無用の語句——jackboot（軍用長靴）、Achilles' heel（弱み。泣きどころ）、hotbed（温床）、melting pot（るつぼ）、acid test（厳密な検査）、veritable inferno（文字通りの地獄）やその他の言葉のゴミを、それらが当然収まるべき場所たるゴミ箱に投げ入れることさえできるのである。

（一九四五、一九四六年）

六　なぜ書くか

Why I Write

私はごく幼い頃から、恐らく五歳か六歳の頃から、大人になったら作家になるだろうと自覚していた。一七歳頃から二四歳頃までは、この意識を払いのけようと努めていた。しかしいくら払いのけようと努めても、自分は自分の本性を踏みにじっている、遅かれ早かれ、腰を据えて本を書かねばならぬようになるだろう、という意識が私から離れることはなかった。

私は三人の子供の真ん中の子で、上と下との間には、それぞれ五年の開きがあった。八歳になるまで父の姿を見たことは殆どなかった。こうしたことやその他いろいろなことで、私は、幾分孤独だった。やがて、学校時代を通じて自分を不人気にするようないやな癖がついてしまった。孤独な子供に特有の、物語を作り上げ、想像上の人物と会話をするという癖である。そもそもの初めから、私の文学上の大望は、自分は孤立している、過小評価されているという意識と結びついていた。一方、言葉を使いこなす能力、不快な事実を直視する能力が自分にはあるということが分かっていた。そしてこれは、日常生活でやらかした失敗の埋め合わせとなるような一種の私的世界を作り出していると私は思った。にもかかわらず、幼年時代、少年時代を通じて産出した本格的な——すなわち真剣な意気込みで書いたつもりの——書き物の総量は六ページにも満たない程のものだった。四歳か五歳の時に初めて詩を書いた。口述して母に書いてもらったのである。この詩については、トラについてのものだったということ、トラは「椅子のような歯」をもっているとかいう句が使われていたこと以外には何も憶えていない——「椅子のような歯」はまあまあの出来の句だが、これは‘Tiger, Tiger’という語の入ったブレーク〔William Blake：一七五七—一八二七。英国の詩人〕の詩の剽窃だったような気がする。一一歳の時、すなわち第一次世界大戦が勃発した時、愛国的な詩を書いた。これは地元の新聞に掲載された。二年後に書いたもう一篇の詩も掲載された。これはキッチナー〔Horatio Herbert Kitchener：一八五〇—一九一六。第一次世界大戦当初の英国の陸相〕の戦死についてのものだった。少し齢を重ねると、時折へたくそな、たいていは未完の、ジョージ五世朝の文学〔一九一〇—三六〕の流儀で「自然を歌う詩」を書くようになった。二度ほど短篇小説の作成を試みたが、惨めな失敗作に終わった。以上が、幼年・少年時代を通じて、実際に紙に記した、真剣さを込めて書いたつもりの作品のすべてである。

しかしながら、これらの歳月を通じて、私はある意味で文学活動にたしかに携わっていた。まず第一に、あつらえ向きといったふうのもの、大した喜びも覚えずに楽々と素早く仕上げた書き物があった。学校で文芸活動を行ったが、その他に、vers d'occasion《ヴェール・ドカジオン》（即興詩）を書いた。これは半ば喜劇風の詩で、今思うと驚嘆するほどの速さで作り上げることができた——一四歳の時、アリストファネスを模倣して、全編韻を踏んだ戯曲を約一週間で書き上げた——さらに生徒作成の、印刷された雑誌や手書きの雑誌の編集を手伝ったりした。生徒の手で作られたこれらの雑誌に載ったものは想像しうる限りで、この上なく拙劣な戯作風の代物で、現在もっとも安っぽいジャーナリズムを相手にして文を綴る場合より手間がはるかにかからずに書けた。こうした活動のすべてと並行して一五年間、あるいはそれ以上、私は全く性質の異なった文学的修業を積むようになっていた。それは私自身について「物語」を作成する、心の中にのみ存在する一種の日記を絶え間なくつけるというものであった。これは子供や十代の若者によく見られる習癖だと思っている。幼い頃、私は、例えば自分はロビン・フッドであると想像し、数々の血わき肉おどる冒険の主人公であるとよく思い描いたものだ。が、間もなく、私の「物語」はその手法の粗雑さを脱し、自己陶酔的であることを止め、自分が今行っていることの描写、自分が見たものの描写に限るものになっていった。一度に何分間も次のような類いのものが頭の中を駆け巡ったものだ。「彼はドアを押し開けて部屋に入った。モスリンのカーテンから漏れてくる黄色い日の光が斜めにテーブルに当たっている。テーブルの上には半ば開いたマッチ箱がインク壺のかたわらにある。右手をポケットに突っ込んだまま、彼は部屋を横切り、窓際へ行った。窓の下の街路では三毛猫が枯れ葉を追いかけていた」等々。この習慣は二五歳頃まで、すなわち著述をまだ生業としていなかった全期間を通じて、捨てられることはなかった。適切な語を探すという務めがあったし、また実際探すことをしたのだけれど、外側から一種の強制を受けて、自分の意志に反して描写の努力をしているようにも思われた。「物語」は、年歯《ねんし》を重ねるのに応じて感嘆したさまざまな作家の文体を反映していたに相違ない。が、私が憶えている限り、それはいつも、細心の注意を払って行われた描写という性質を、一貫して帯びていた。

一六歳の頃、突然、語に接するだけで喚び起こされる喜び、すなわちさまざまな語の響きと語の結合とによって喚び起こされる喜びを初めて味わった。『失楽園』〔*Paradise Lost*：ミルトン作。一六六七、七四年の叙事詩〕の中の次の二行が思い浮かぶ。

こうやって、彼は激しい困難と辛酸をなめながら
進んでいった――まさに、それは困難と辛酸の極といえるものであった!

（平井正穂訳、岩波文庫）

今この二行はさほどすばらしいとは思えないのだが、当時は興奮でぞくぞくしたものだ。heとせずに「hee」としているところで喜びは一際高まった。事物を描写することの必要に関して言えば、それは、既に私のすっかり理解するところとなっていた。そういうわけで、あの頃、執筆への意欲が沸き立っていた限り、どういう種類の作品を書きたいと思っていたかは、はっきりしている。不幸な結末をもつ、大冊の自然主義的小説、細部に注意の払われた描写や魅惑的な直喩、そして、一つにはその響きゆえ使われている語が蔵されている華麗な章句に満ちた

自然主義的小説が書きたかったのである。実際、初めて書いた長篇小説『ビルマの日々』〔Burmese Days：一九三四年〕は幾分そういう類いの本であった。この作品は三〇歳の時に書き上げられたのだが、執筆を計画したのはそれよりはるかに前のことである。

こうした背景情報をすっかり提供するのは、作家の若い頃の成長過程の大切さを知らずに、作品制作の動機について判断を下すことなどできないと思うからである。作家の扱う主題は彼が生きている時代によって決定されることになる――これは少なくとも我々のような騒然とした革命的時代には当てはまることである――が、そもそも書くという職業的行為が始まる前に、作家はそれから決して完全に離れることなどない感情重視の態度を身につけていることだろう。なるほど興奮しやすい気質を鍛えることや、何か未熟の段階で動きの取れない状態に陥ったりするのを、あるいは正道を踏み外した気分に陥ったりするのを回避することは、作家の務めである。しかし、作家が幼年の頃に受けた影響から完全に離れ去るとしたら、それは執筆への衝動を殺したことになるだろう。ところで生計を立てるために稼ぐという必要は別として、執筆の動機、ともかく散文執筆上の主要動機が四つあると思う。この四つの主要動機は、すべての作家の内面に、程度を異にしているにせよ、存在するが、どんな作家においても四つの動機の占める割合は、彼が生息している社会の環境に従って、時折、変化を見せるだろう。さて、四つの動機とは、

一　純然たる利己主義。賢明であると思われたいという欲求。話題にのぼりたいという欲求。

死後も憶えられていたいという欲求。子供の頃、自分を鼻であしらった大人たちを見返してやりたいという欲求等々。こういったものが動機、しかも強力な動機ではないようなふりをするのは、ごまかしである。作家はこのような特質を自然科学者、芸術家、政治家、弁護士、兵士、成功した実業家と共有している――要するに、人類の最上層部全体と共有している。人類の大半は利己心をもつ点で鋭さに欠けている。だいたい三〇歳を過ぎると彼らはおのれに特有の大望を捨ててしまう――実際、多くの場合、彼らはおのれが独自の存在であるという感覚を、ともかく、殆ど捨て去るのである――主として他人のために生きる、あるいは日々の単調な骨折り仕事に押しつぶされて、全く窒息してしまう。が、少数ながら、おのれに固有の生をとことん生きようと決意している、才能のある人たち、頑固におのれの意志を押し通そうとする人たちがいる。作家はこの部類に属している。私の見方では、純文学の作家は、全体として、ジャーナリストよりも虚栄心が強く、自己中心的である。もっとも金銭への関心はジャーナリストより低いのだが。

二　美への熱中。外的世界の美を感受すること、あるいは他方、語や語の適切な配列の生む美を感受すること、一つの語の響きが他の語の響きに及ぼす作用の生む美を感受すること。良質の散文、良質の物語の堅固なリズムの与える美を感受すること。我々がその価値を認め、見逃されてはならないと思っている経験を、他の人々と共有したいという欲求を抱くこと。美への衝動は多くの作家において頗る弱い。しかしパンフレットの書き手や教科書の書き手でさえ、非実用的であるというまさにそのゆえに心に訴えるところのあるお気に入りの語や句をもっているだろう。あるいは作家は印刷の体裁やページの余白の幅等々に強い関心を抱いているかもしれない。鉄道の案内書のレベルを超えたどんな本も、美の尊重から全く自由というわけにはいかない。

三　歴史への衝動。事物をそのあるがままの姿で見、嘘に染まっていない事実を見つけ出し、後世に役立つように蓄えること。

四　政治的目的——「政治的」をこの上なく広い意味で用い、世界をある方向へ推し進め、目指すべき社会はどういう種類の社会であるかについて他の人々の考えを変えたいという欲求を抱くこと。念のために言うが、どんな本も政治的偏見から自由ではない。芸術は政治と関わるべきではないという意見自体が政治的立場の表明である。

　このようにさまざまな衝動はどうしても対立し合うより他はない場合があるということ、人によって、また時代によって変動するより他はない場合があるということは見て取れよう。本性——「本性」を、一人前の大人になった時に到達した状態と捉えて——本性によって、私の場合、最初の三つの動機は四番目の動機にまさっていると言えるかもしれない。平和の時代に生きていたなら、私は華麗な文体を特徴とする作品、あるいは描写に徹した作品を書いていたかもしれない。あるいは政治的忠誠心の存在に殆ど気づくことのない状態に留まっていたかもしれない。が、実を言えば、私は一種のパンフレットの執筆者になるように追い込まれたのである。まず、不似合いな職〔警察官〕に就いて五年間を過ごした。インド帝国〔英国が、植民地インド（ミャンマーを含む）を支配した期間（一八五八―一九四七）のインド〕の警察官としてビルマ〔ミャンマー〕で過ごした。それから貧困と敗北感を味わうという経験があった。この経験によって権威に対する私の生来の嫌悪は強められ、私は初めて労働者階級の存在に十分に気づくようになった。さらにビルマでの仕事は、私に帝国主義の本質を多少理解させるようになった。しかしこうした経験は私を政治的に方向づけるという点ではまだ十分ではなかった。その後、ヒットラーの登場があり、スペイン内乱などがあった。一九三五年の終わり頃になっても私は依然、確固とした決断力を身につけるに至っていなかった。その頃書いた短い詩の最後の三つの詩節（スタンザ）をここで思い起こす。これは私が陥っていたジレンマをよく表している。

おれは五分の魂をもたぬ一寸の虫、
ハーレムをもたぬ宦官、
司祭とコミッサール〔旧ソ連の人民委員〕との間にはさまって
ユージーン・アラム〔英国一八世紀の言語学者・殺人者〕のように歩く。

コミッサールがおれの運勢を占っている
ラジオがかかっている間。

だが司祭はオースティン・セブン〔第二次世界大戦前の、七馬力のファミリーカー〕を与えると約束した、
ダギー〔競馬で賭けを引き受けて配当金を支払う業者ダグラス・スチュアート〕がいつも支払ってくれるから。

おれは大理石の広間に住んでいる夢を見た、
目を覚まし、その通りだと分かった。
おれはこんな時代に生息するように生まれたのではなかった。
スミス、おまえはどうなんだ？　ジョーンズ、おまえはどうなんだ？　おまえたちの場合はどうなんだ？

スペイン内乱や一九三六—七年のその他の出来事が状況を一変させた。それを起点として、自分の立場がはっきり分かるようになった。一九三六年以後、私が本腰を入れて書いたものはすべて、その一行一行に至るまで、全体主義に反対し、直接的にせよ、間接的にせよ、私が理解している通りでの民主主義的社会主義を擁護するためのものであった。我々の時代において、そういう主題について書くのを避けうると考えるのは、愚の骨頂であるように思われる。誰もがそういう主題についてさまざまな流儀で書いている。問題はどちらの側につくのか、どのような接近法を取るのかに絞られる。そして我々がおのれの政治的偏見に気づいていれば、それだけいよいよ、おのれの美的、知的誠実を犠牲にせずに振る舞う可能性は高まるということに

なる。

過去一〇年間を通じて、私が最も成し遂げたいと思っていたことは、政治的な書き物を芸術作品レベルのものにするということであった。私の出発点はつねに別働兵根性、不正を嗅ぎつける感覚であった。本を書こうとして腰を据える時、心の中で、「これから芸術作品を書くのだ」と呟きはしない。暴きたい嘘があるから、注意を向けさせたい事実があるから書くのであり、私の最初の関心事は聞いてもらうということである。しかし本を書くという仕事、あるいは雑誌に掲載される比較的長い論文を書くという仕事でさえ、もしも書くことが同時に美的経験でなければ、書くという仕事は為され得ないだろう。私の著作を吟味しようという気を起こす人は、みな、それが紛れもなく宣伝文書的なものであっても、政治を本職としている人が読んだなら、見当違いと見做すようなものを夥しく含んでいるということが分かるだろう。私は幼年時代に身に付けた世界観をすっかり捨て去ることなどできないし、捨てようとも思わない。私は、目の黒いうちは、散文の文体にこだわり続け、地球の表面を愛し続け、堅固な事物や無意味な断片的情報に喜びを覚え続けるだろう。おのれのそういう側面を抑えつけようとするのは、無益なことである。為すべきことは、身に深く沁み込んだ好悪の感情と、我々の時代が我々すべてに押しつけてくる、本質的に公的性質を帯びた非個人的活動とを調和させることである。

これは容易なことではない。構成の問題と言葉の問題が引き起こされるからだ。誠実さをどうやって保つかという問題が新たに引き起こされるからだ。この問題でぶつかった困難を如実に示している例を一つだけ挙げさせていただきたい。スペイン内乱を扱った拙著『カタロニア讃歌』〔*Homage to Catalonia*：一九三八年〕は勿論あからさまに政治的な著作である。しかし主要な部分は、一種対象を突き放したような姿勢で、形式を重視して書かれている。私はこの書で、自分の文学上の本能を侵すことなく、まさに真実をまるごと語ろうと真剣に努めた。しかしながら、とりわけこの書には、フランコ〔Francisco Franco：一八九二―一九七五。スペインの軍人・政治家。一九三六年人民戦線政府に対して反乱を起こし、内戦に勝利した独裁者〕と共謀していると非難されていたトロツキストたちを擁護するのを旨として、新聞などからの引用文をどっさり入れた長い一章が含まれている。このような章は、一、二年も経つと、普通の読者の興味を引かなくなり、本の価値を損なうに違いないと思った。事実、私が尊敬しているある批評家は、この章のことで私に説教したのである。「何だってあんなものをどっさりぶち込んだんだ。立派な作品になるはずだったものをジャーナリズムに変えちまったじゃないか」と彼は言った。彼が述べたことは正しい。しかし私はああするより他はなかったのだ。私は英国の実に殆どの人が知ることを阻まれていたこと、つまり無実の人々が非難されるという不正があったことをたまたま知ったのである。このことで怒りを覚えていなかったなら、私はあの本を書きはしなかっただろう。

　こういう問題は何らかの形で、また浮上するものだ。言葉の問題はひどく微妙で、あまりにも多くの枚数を要するので、ここで論じるのは差し控えたい。ここ二、三年は、ありありと目に浮かぶような描写は抑え、正確に叙述することにより力点を置くように努めていると言うに留めておく。ともかくどのような文体であれ、これを完璧にしたと思った時、既に我々は成長を遂げ、その文体を脱しているということが分かるのである。『動物農場——おとぎ話』〔Animal Farm-A Fairy Story：一九四五年〕は、自分がどういうことを書いているかを十全に意識して、政治上の目的と芸術上の目的とを融合させ、一つの統一体にしようと試みた最初の作品である。それまで七年間、小説は一篇も書いていなかった。しかしあまり間を置かずに、もう一つ小説〔『一九八四年』（Nineteen Eighty-Four）：一九四九年〕を書けたらと思っている。きっと失敗作となるだろう。作品はすべて失敗作である。しかしどういう種類の小説を書くかは、ある程度明瞭に分かっている。

『動物農場』の最後の二、三ページをざっと読み返して分かるのは、作品執筆の動機が全く公共心に発するものであるかのように見せる書き方になっているということである。そういうのが最終的な印象として残らないようにと願っている。作家はみな虚栄心が強く、利己的で、怠惰である。しかし作家の執筆動機の底の方には神秘が横たわっている。作品を一つ書き上げるのは、ぞっとするほど疲労甚大の苦闘である。何か痛みを伴う病気を長いあいだ患っているようなものだ。逆らうことも、理解することもできない何かあるデーモン（神霊的存在）によって駆り立てられていなければ、そういう営みには決して着手しないだろう。多分、このデーモンは、素直に言うと、注意を引こうとしてわめき声を立てる赤子の、そのわめき声の因になっているのと同じ本能である。しかし我々はおのれ一己の個性を消し去ろうと絶えず苦闘しなければ、読むに値するものは、何も書けないということも明らかだ。良い散文は窓ガラスのようなものだ。先に記した動機の中でどれが一番強力な動機であるかについて確信をもって語ることはできない。しかしどの動機が従うに値するかは分かっている。自分の作品を大まかに読み返してみて、精彩に欠けた華麗な章節や、総じて無意味で装飾的な形容詞やたわごとに身を売り渡したような状態になっていた時は、決まって政治上の目的を欠いていた時である、ということが分かっているのである。

（一九四六年）

七　作家とリヴァイアサン

Writers and Leviathan

国家の統制が行われている時代における作家の立場は、既にかなり広く取り上げられている主題である。もっともこの主題に適合すると思われる証拠（エビデンス）の大部分はまだ利用可能になっていないのであるが。本論で私は国家による芸術後援の賛否について意見を述べようとしているのではない。そうではなくて、我々作家に対して国家の統制が行われるとした場合、どのような種類の国家の統制が、部分的にせよ、支配的な〔良い意味で〕知的雰囲気に依拠するより他はないか、すなわちこの文脈に即して言えば、部分的にせよ、作家や芸術家自身の姿勢に、つまり自由主義の精神を、進んでであるにせよ、そうでないにせよ、生き延びさせようとする作家や芸術家自身の姿勢に、依拠するより他はないか、を指し示そうと思っているだけである。もしも一〇年後にジダーノフ〔Andrei Aleksandrovich Zhdanov：一八九六―一九四八。ソ連の政治家。共産党の指導者、共産党によるソ連文芸の統制を推進〕のような人物の前で我々がちぢこまるようになるとしたら、それは大方、自業自得だということになる。英国の文学者・知識人たちの内部で全体主義を目指すさまざまな傾向が既に強力に影響力を発揮しているのは明白である。しかし、ここで私は共産主義のような組織化された意識的な運動を取り上げようとしているのではない。政治的思考や政治的につくべき側をもつことの必要が善意の人々〔知的に誠実な人々〕に及ぼす影響のことを取り上げようとしているだけである。

今は政治の時代である。戦争、ファシズム、強制収容所、ゴム製警棒〔拷問用の〕、原子爆弾などは、我々が日々思考の対象にしているところのものである。それゆえ、それらは我々が明示的に述べていない場合でさえ、我々の書き物の大部分を占めているということになる。これはどうしようもない。沈みかけている船に乗っている時、頭を占めるのは沈みかけている船のことである。そういう次第で、我々が扱う主題が狭められているだけでない、文学に対する我々の姿勢全体も忠誠心に、非文学的であると少なくとも断続的に、我々が悟っている忠誠心に特徴づけられている。文運隆盛の時でさえ、文芸批評は欺瞞を孕んでいると思うことがしばしばある。なぜなら、広く受け容れられた基準――これこれの作品は「良い」とか「悪い」とかいう評言に意味を与えるような外的〔客観的〕基準――が全く欠けた状態にあっては、あらゆる文芸批評は、条件反射的に講じられる優先措置を正当化する一連の規則をでっち上げることから成り立っているからである。我々がある本に、いやしくも反応するとしたら、真の反応は、通常、「私はこの本が好きだ」あるいは「この本は好きではない」であり、その後に行われるのは、理路に沿って説明することである。さて「私はこの本が好きだ」は、思うに、非文学的反応ではない。非文学的反応は、「この本は私の側の者によって書かれたものである。だから長所を見つけなければならない」である。勿論、我々がある本を政治的理由で賞賛する場合、強く肯定する感情が湧きあがっているという意味では、感情的に誠実であるかもしれない。しかし、また、党との連帯が全くの虚偽を要求する場合もしばしば起こるのである。政治的定期刊行物で書評することに慣れている者はみな、そういうことに気づいている。概して、人は自分と意見が一致している新聞に載せる文を書く時には、指示を受けて書くという罪を犯す。もしも自分と立場が反対の新聞に書くとすれば、真意を抜かして書くという罪を犯すことになる。ともかく議論を呼ぶ無数の本——親ソ、反ソ、親シオニズム、反シオニズム、親カトリック教会、反カトリック教会等々の本——は、読まれる前にどういう書評になるかが決まっている、いや事実上その本が書かれる前に決まっている。我々はどの新聞でどんな反応があるかが前もって分かっている。それでも時折、微塵も意識されていないにせよ、不誠実に拠って、本物の文学上の基準が適用されているように見せかける詐術が弄される。

勿論、政治による文学の侵害が起こるのは必至だった。この侵害は、全体主義という格別な問題が仮に生じていなかったとしても、起こっていたに相違ない。なぜなら我々は父祖たちがもっていなかった一種の良心の呵責、この世界に度外れに大きな不正と悲惨がもたらされているという事態についての意識を、そしてそういう事態を前にして、何かしなければならないという感情を、つまり罪の意識に苛《さいな》まれた感情を抱くに至っているからだ。そういう感情が人生に対して純粋に審美的な態度を取るのを不可能にしている。今は、誰もジョイスやヘンリー・ジェームズ〔Henry James：一八四三—一九一六。米国人として生まれ、英国に帰化した小説家〕のように文学に献身することはできない。ところで、残念ながら、政治上の責任を受け入れることは、正統や「党の路線」に屈従することを今は意味している、この屈従が含意しているのは怯懦と不誠実をまるごと抱え込むということである。ヴィクトリア朝〔一八三七―一九〇一〕の作家とは対照的に、我々は輪郭のはっきりした政治上のイデオロギーに囲繞されて、通常、どういう考えが異端であるかが直覚的に分かるという不利な立場に立たされている。現代の文学者・知識人は、実際、絶えず、広い意味での世論ではなくて、おのれが属しているグループのうちの世論を恐れながら生き、書いている。通常、幸いなことにおのれが属しているグループは複数存在する。が、また同時に言えるのは、特定のどのような瞬間においても、支配的な正統というものが顔を出すということであり、その正統に反感をもたれるようなことを書くのは、大胆不敵さを要するということ、そして時には数年の長きにわたって収入が半減することを意味するということである。過去約一五年間、支配的な正統は、特に若い人々の間では、「左翼」であるというのは明白である。キーワードは「進歩的」、「民主的」、「革命的」である。一方、是非とも貼りつけられるのを避けなければならないのは、「ブルジョア」、「反動的」、「ファシスト」である。当節、人は、殆どみな、カトリック教徒や保守党員の大多数でさえ、「進歩的」である、あるいは少なくとも進歩的であると思われたがっている。私が知っている限り、誰も自分のことを「ブルジョア」であるとは決して言わない。ちょうど反ユダヤ主義という語を聞き慣れているほど教育を受けた人が、反ユダヤ主義という罪を犯していると認めることが全くあり得ないように。我々はみな、良き民主主義者であり、反ファシストであり、反帝国主義者である、階級意識を軽蔑し、人種差別を受け入れない者である、等々ということになる。また当今の「左翼」正統が、二〇年前『クライテリオン』誌〔Criterion：T・S・エリオット編集の、主として季刊の文芸誌（一九二二―三九）〕や（やや低いレベルで）『ロンドン・マーキュリー』誌〔ジョン・スクワイア（John Squire：一八八四―一九五八）が創刊・編集（一九一九―三四）〕が支配的な文芸誌であった頃優勢であった、幾分俗物的で、信心家ぶった保守派の正統よりましであるなどという主張に、大きな疑問符が打たれるということもない。というのも少なくとも「左翼」正統に含意されている目的は、多くの人々が実際に望んでいる発展力のある社会の建設だからである。しかしこの目的はまた特有の虚偽を蔵している。が、この虚偽を認めてはいけないとされている。それゆえ、若干の問題について真剣に議論をするのが不可能になっている。

科学的なものであれ、ユートピア的なものであれ、左翼イデオロギー全体は、すぐに権力を獲得できるという見込みのない人々によって案出されたものである。それゆえそれは過激派のイデオロギーであり、王室、政府、法律、刑務所、警察、軍隊、国旗、国境、愛国心、宗教、受け継がれてきた道徳、いや実際、現存の事物の秩序全体を、このイデオロギーは徹底的に軽蔑した。今生きている人たちの記憶の範囲内にしっかり収まっている近年に至るまで、万国の左翼勢力は無敵と思われていた圧制と闘っていた。そしてかの格別な圧制――資本主義――を覆すことができさえしたら、社会主義が当然の帰結として生じると思い込むのはたやすいことであった。その上、左翼はいくつかの明らかにいかがわしい信条、すなわち真理は圧倒的な力をもっているとか、迫害は自滅するとか、人間の本性は善であり、ただ環境によってのみ腐敗させられるとかいう信条を自由主義から受け継いでいた。この完全論〔社会的に完全な状態は実現可能であるとする説〕のイデオロギーは我々すべての内部に消えずに残っている。こうしたイデオロギーの名において、（例えば）労働党政権が王女たちに巨額の年俸を支給するのを認める法案に賛成投票をしたりする時に、あるいは鉄鋼の国有化に逡巡したりする時に、左翼は抗議するのである。しかし左翼はまた、引き続き起こった現実との衝突の結果、自ら認めることをしていない一連の矛盾を、内面にまるごと抱えてもいるのである。

　最初の大きな現実との衝突はロシア革命であった。幾分複雑な理由から、英国の左翼は、殆どみな、ソ連の体制を「社会主義体制」として受け入れるようにと激しく迫られていた。一方、英国の左翼はソ連の体制はその精神と実践とにおいて、英国において「社会主義」という語で意味されているいかなるものとも全く異質であるということを、無言のうちに、認めていた。そこから一種統合失調症的思考法が生まれた。この思考法の中では「民主主義」のような語は二つの矛盾する意味を帯びうるのである。かくして強制収容所や大量強制送還は「正しい」「間違っている」という二つの意味を同時に帯びうるということになる。左翼イデオロギーに与えられた次の打撃はファシズムの台頭であった。これは左翼の平和主義と国際主義とを激しく揺さぶったが、左翼の公式政策の明確な再声明をもたらしはしなかった。ドイツによる占領の経験は、ヨーロッパの諸国民に植民地化された諸地域の住民が既に知っていたこと、すなわち階級間の敵対関係は極めて重要とは言えないということ、国益というものがあるということを教えた。ヒットラー登場後、「敵は我が国の中にいる」とか、国の独立は価値がないなどということを真面目に主張するのはむずかしくなった。我々はみな、そういうことを悟り、それに基づいて行動しているが、依然として、そういうことをはっきりと口に出して言うのは一種の裏切り行為になると思っている。遂に、難事の中でも最大のものとして浮かび上がってきているのは左翼〔労働党。一九四五年七月の総選挙で勝利〕が現在政権の座にあり、責任を担い、本物の政策決定をどうしてもしなければならないということである。

左翼政権は殆ど決まって支持者を失望させる。政権が約束している繁栄が達成可能である場合でさえ、政権移行期につきものの不愉快な窮乏、前もって殆ど何も語られていなかった窮乏につねに直面するからである。目下、度外れに深刻な経済的窮境の中で国の舵取りをしている左翼政権が、過去に自らが行っていた特有のプロパガンダと事実上闘っている姿を、我々は目の当たりにしている。今我々が逢着している危機は、地震のような突発的な、予期せぬ災難ではない。この危機は戦争によって引き起こされたのではない。戦争は危機の到来を早める働きをしたに過ぎない。二、三〇年前、この種の危機はいずれ訪れると予測され得たはずである。一九世紀以降、一部を海外投資による収益、また一部を市場の安定性や植民地で得られる原料の安価さに頼っていた我が国の国民所得は、頗る不安定なものであった。遅かれ早かれ、何かが具合が悪くなる、輸出入の均衡を保つよう強いられることになる、というのは確実なことであった。その確実なことが起こった時、労働者階級の生活水準をはじめ英国民の生活水準が、少なくとも一時的に、低下するのは必至だった。けれども左翼諸政党は、声高に反帝国主義を唱えていた時でさえ、こうした事実を明白に語らなかった。左翼諸政党は、英国の労働者たちは、ある程度、アジアやアフリカからの不正利得の形で利益を得ているということを進んで認めはしたが、しかしこれら諸政党は、不正利得を放棄しても、それでもどうにか繁栄を維持できると思わせるやり方をいつも手つかずの状態にしておいたのである。実際、おおむね、労働者たちの大部分は、搾取されていると言い聞かされて、社会主義に取り込まれたのであったのだが、厳然たる事実は、世界的観点からすれば、彼らは搾取者であったということである。さて、今や、どう見ても、労働者階級の生活水準を高めるのはおろか、維持することすらできないという時点に到達したのである。我々が金持ちから搾り取って金持ちを消滅させても、大多数の人々は消費量を減らすか、生産量を高めるかしなければならない。あるいは私は、我々が陥っている窮境を誇張しているのだろうか。誇張しているかもしれない。私が間違っていると分かれば私は当然嬉しく思うはずだ。が、私が主張したいと思っている一点は、左翼イデオロギーに忠誠を誓っている人々の間では、この問題は真剣に議論され得ないということである。賃金の引き下げ、労働時間の増加は、本質的に反社会主義的措置であると感じられている。従って、左翼の人たちには経済状況がどのようなものであろうと、こういう措置は前もって斥けられるべきである、と感じられることになる。こうした措置は避けられない、と発言するとしたら、それは我々が、みな、貼られるのをひどく恐れているレッテルを貼られる危険を冒すことに繋がるだけである。一方、当面の問題を回避し、現在の国民所得を再配分することによって万事を改善できると主張するのは、危険を冒す度合いがはるかに低い。

正統を受け入れることは、つねに解決のつかない矛盾を受け継ぐことになる。例えば次の事実、本シリーズ〔『政治と教養』。このシリーズの中の一論文として本論は収められた〕のウィンクラー氏の論文で提示されている事実、すなわち感受性に富む人々はみな工業化とその産物に嫌悪感を抱いているけれども、貧困の克服と労働者階級の解放は、工業化を緩めることではなくて、工業化をいよいよ推し進めることを必要としているという事実を取り上げてみよ。あるいはこういう事実、すなわち若干の仕事は絶対的に必要であるが、何らかの強制なしでは決して為され得ないという事実を取り上げてみよ。あるいは強力な軍隊なしで積極的な外交政策を維持するのは不可能であるという事実を取り上げてみよ。こういう例はいくらでも挙げることができる。こうした例のすべてにおいて、完全に明白だけれども、公式のイデオロギー〔正統〕に密かに不忠実である場合にのみ導出されうる結論があるのだ。通常の反応の仕方は、問題を、未解答のまま、心の隅っこに追いやり、それから、矛盾を孕んだ標語を繰り返して言うのをだらだら続けることである。この種の反応の仕方がもたらす結果に気づくためには、新聞の論評欄や雑誌を博捜するには及ばない。

私は、勿論、知的不誠実は社会主義者や左翼一般に特有のものであるとか、あるいは彼らの間で最も頻繁に行われていると言おうとしているのではない。私が言おうとしているのは、どんな政治的規律〔正統〕も、これを受け入れることは、文学上の誠実と矛盾するように思われるということだけである。これは平和主義のような運動や人格主義〔人格を実在や価値の最高原理とする考え〕にも同じように当てはまる。平和主義も人格主義も普通の政治的闘争の外側にあると主張されている。が、実のところ、-ismが終わりに付いた語が発されただけで、プロパガンダの臭いが漂ってくるように思われるのだ。なるほど集団への忠誠は必要である。それでもそれは、文学が個としての人間存在の産物である限り、文学にとって有害なのである。集団への忠誠が、創造を旨とする執筆に、何らかの影響を――たとえ消極的なものでも――及ぼすのが許容されるや否や、その結果は単に歪曲が行われるということだけでない、新しいものを生み出す力がしばしば現実に枯渇するということでもある。ではどうしたらいいか。「政治に関わらない」ことはあらゆる作家の義務であると結論づけなければならないか。勿論、否である。ともかく、前に言ったように、今のような時代において、物事を真剣に考える人が政治に関わらないということはあり得ないし、また現実にそういうことは起こっていない。私はこう言っているだけだ。すなわち、我々は政治上の忠誠と文学上の忠誠とをこれまで以上に峻別すべきであり、若干の不快な、けれども必要なことを進んで為すことは、普通そうしたことにつきものの信条の丸呑みという義務など一切伴っていないことを認識すべきである、と言っているだけだ。作家が政治に参加する時、彼は一人の市民として、一人の人間として参加すべきであり、作家として参加すべきではない。作家は単にその感情がこまやかであるのを理由として、俗臭ふんぷんの政治の汚い仕事を避ける権利を有しているなどと、私は思わない。他のいかなる人とも同様に、風がすうすう通る集会場で講演をしたり、舗道にチョークで闘争の言葉を書いたり、選挙民に投票を勧誘したり、ビラを配ったり、必要と思われたら、内戦で戦うことさえするという心構えができているべきである。しかし党のために書くということは決してしてはならない、それ以外のどんなことでも党のためにするとしても。作家の書き物は、別領域のものであることを、作家は明確にすべきである。が、決意が固まったら、作家は公的イデオロギーをきっぱり拒絶しつつも、協働的に行動できるようでなければならない。異端に通じそうだからといって、一つながりの思考から後ずさりするような真似など決してしてはならない。非正統の考えが他者に嗅ぎつけられても——実際、いずれ嗅ぎつけられることになるだろうが——決してむやみに気に病んだりしてはならない。今日、作家が反動的傾向を嗅ぎつけられないとしたら、恐らくそれは、悪しき徴候である。ちょうど二〇年前に、作家が共産主義への共感を嗅ぎつけられないとしたら、悪しき徴候であったように。

が、こうした一切は、作家は政治上の領袖たちから指図されるのを拒むべきであるということを意味しているだけでなく、政治について書くことをも差し控えるべきであるということを意味しているだろうか。いま一度、答えは断じて否！　である。もし意欲が湧くなら、この上なく荒っぽい政治的手法ででも、政治について書いて良いのであり、それが非とされる理由なぞない。ただ作家は個としての人間の立場を守り、アウトサイダーとして、せいぜい正規軍の側面で、歓迎されざるゲリラとして、書くべきである。このような態度は、通常政治的に有益であるとされている態度と完全に両立する。例えば戦争は勝たねばならぬと考えるがゆえに、進んで銃を執るというのは、そして同時に、戦争宣伝のために書くのを拒むというのは、理に適ったことである。作家が誠実であるなら、自分の書いたものと政治的活動との間に矛盾が生じる場合が時折あるかもしれない。矛盾が明白に好ましくない場合がある。ところで、そういう場合、救済策はおのれの根源的衝動を偽ることではなくて、沈黙を守ることである。

戦争の時代に、創造的作家がおのれの生を二つの仕切られた領域に分けなければならないというのは、敗北主義的、あるいは軽薄と思われるかもしれない。が、実際上、これ以外のどんな態度が取れるのか、私は分からない。象牙の塔に立てこもるのは不可能だし、好ましくもない。一方、おのれの主観を単に党組織に屈従させるだけでなく、一集団のイデオロギーに屈従させることさえ、作家としてのおのれ自身を破壊することである。これは心に痛みを覚えさせるジレンマである、と我々は感じている。というのも政治への参加はなんとも汚い、屈辱的な営みであると理解していながら、政治への参加は必要であると理解しているからである。我々の大部分は、あらゆる選択は、政治上の選択でさえ、善と悪のどちらを選ぶかという選択であるというなかなか消えない見方、そして、あるものが必要とされていれば、そのあるものは善であるというなかなか消えない見方をしている。こういった見方は保育園に属しているがゆえに、取り除かれるべきである。政治においては二つの悪の中から、小さい方の悪を選ぶということしかできないのである。さらに政治においては悪魔のように、精神が正常でない者のように振る舞うことによってしか脱出できない状況がいくつもある。例えば戦争は必要であるかもしれない。しかし戦争は正しくもなければ、正気のものでもないというのは確かなことである。総選挙でさえ必ずしも楽しい、あるいは啓発的な光景ではない。そういったものに、もしも参加しなければならないとしたら——思うに我々は老齢、愚鈍、あるいは偽善といった鎧で覆われていなければ、参加する義務があるのだが——その場合、我々はまたおのれの一部を不可侵の状態に保たねばならない。たいていの人に、こういう問題はこれと同様の形で起こりはしない。なぜなら彼らの生は既に分裂しているからである。彼らは余暇を楽しむ時間においてしか真の意味では生きていないからである。さらに彼らの労働と政治的活動の間に、感情上の繫がりはない。また彼らは政治上の忠誠の名において、労働者としての品位を落とすように求められたりはしない。芸術家、特に作家はまさにおのれの品位を落とすことを求められている——事実、そうすることこそが、政治家が作家に求める唯一のものなのである。もし拒めば、それは作家が執筆停止に追い込まれることを意味しはしない。作家の内面の半分、ある意味で全部は、いざという時には余人に劣らず断固として、いや激烈にさえ振る舞うことができる。ところで作家の書いたものが、何らかの価値をもっているとすれば、それは、常に、作家が脇へ寄ることによって保っている正気の状態の産物であるからである。そしてこの正気の状態が生起する出来事を記録するのだ。そして出来事の必然性を認めることはしても、その真の性質に関しては欺かれるのを拒否するのである。

（一九四八年）

八　書評：ジャン＝ポール・サルトル著『反ユダヤ主義者の肖像』

Review of Portrait of the Anti-Semite *by Jean-Paul Sartre*

反ユダヤ主義が真剣な研究を要するテーマであることは明白である。しかし近い将来このテーマが真剣な研究の対象になる可能性は低いように思われる。困ったことに反ユダヤ主義が恥ずべき常軌逸脱とか、殆ど犯罪などと見做されている限り、この語を耳にしたことがあるほど教育を受けた人は、そういうものから自分は免れていると主張するのが自然の成り行きとなる。その結果、反ユダヤ主義を扱った本は、おのれの大きな欠点には気づかず、もっぱら他人の小さな欠点を見出すのを目的とした訓練となりがちである。サルトル氏のこの本も例外ではない。この本は、ドイツからのフランスの解放直後の時期、不安定な、自己正当化に熱中して売国奴狩りにうつつを抜かしていた時期の一九四四年に書かれたために、できの良くないものになっている。

サルトル氏は巻頭で、反ユダヤ主義は合理的根拠をもたないと読者に告げ、末尾では、階級なき社会では、それは存在しないのであり、当面は、多分ある程度、教育と宣伝活動とによって反ユダヤ主義と闘うことができる、と告げている。こうした臆断は、それ自体に価値を認めて論述されるには殆ど値しないだろう。大いに思索を凝らしているにもかかわらず、この二つの臆断の間で、反ユダヤ主義というテーマが真剣に論じられることは殆どないのである。また取り上げるに値する、事実に基づいた証拠も提示されていない。

反ユダヤ主義は労働者階級の間では殆ど未知のものである、と厳かな口調で読者は告げられる。またこう論述されている。すなわちそれはブルジョア階級の、とりわけ我々の罪をことごとく背負わされているかのヤギ〔贖罪のヤギ。古代ユダヤで贖罪の日に、祭司が人々の罪をすべて象徴的に、その頭に負わせてから野に放したヤギ〕、すなわちプチブルジョア（中産階級）の病弊である、と。ブルジョアジー内部の、科学者や技術者に反ユダヤ主義が見出されることは殆どないとか、反ユダヤ主義は、伝統文化の観点から、そして土地所有の形態を取る財産の観点から国民性について考える人々に特有のものであるなどと、論じられている。

なぜ反ユダヤ主義者がユダヤ人以外のいじめの対象をさしおいて、もっぱらユダヤ人をいじめの対象にするのかについて、サルトル氏は論じることをしていない。ただ一箇所、すなわちユダヤ人はキリストの磔刑の責めを負うべきであったと思われているがゆえに憎まれているとする、昔からある頗る胡散臭い説を差し出している箇所を除いては。サルトル氏は、反ユダヤ主義を、例えば有色人種に対する偏見のような、明らかにひどく類似した現象と関連づけようと試みることはしない。

サルトル氏の、主題への接近法のどこが間違っているかを部分的ながら示しているのは、本の題名それ自体である。「典型的」反ユダヤ主義者は、つねに同一タイプを保っている人間、一見してそれと分かる人間、いわば四六時中反ユダヤ活動を行っている人間であるということを、全巻を通じてサルトル氏は暗示しているように見える。反ユダヤ主義は、極めて広範囲に存在するということ、一つの階級に限定されないということ、そして、何といっても、最悪の形態を取る事例は別として、時折途切れながらも、ずっと存在しているということを知るためには、実際、ちょっと観察眼を働かせさえすれば良いのである。

しかしこういう事実は、どうやら分断化された社会というサルトル氏の社会観とは折り合いがつかぬようだ。人間〔相互作用性ある、互いに影響を与え合う人間〕というものは存在しない、ただカテゴリー（部類）を異にする人（ヒト）〔分断化された社会に特有のアトム化（原子化）した人〕、「典型的」労働者とか、「典型的」ブルジョアとかいう人がいるだけだ、と、殆どそれに近い発言をしている。そうした人は、昆虫の分類法に大分似たやり方で、分類されうるのであり、昆虫のように分類された生きものの今一つのものが「典型的」ユダヤ人であるというわけだ。そしてこのユダヤ人は通常、その肉体的外貌で見分けがつくようなのだ。なるほど二種類のユダヤ人、典型的な「真正のユダヤ人」、ユダヤ人であり続けようとしているユダヤ人と「非真正のユダヤ人」、同化する〔おのれが居住している特定のある国の伝統文化に同化する〕のを厭わないユダヤ人がいる。しかし、この二種類のユダヤ人のどちらであっても、単にいま一人の人間というものではない、と論じられている。歴史の今の段階で、ユダヤ人が同化しようとするのは間違っているし、我々がユダヤ人の人種的根源を無視しようとするのも間違っている、と論じられている。ユダヤ人は、ごく普通に英国国民として、あるいはフランス国民として、受け入れられるということはあってはならず、何はともあれ、あくまでもユダヤ人として国家共同体に受け入れられるべきである、と論じられている。

こういう立論は、それ自体危険なくらい反ユダヤ主義に近接していると見て取られよう。人種的偏見はどんな類いのものでも一種の神経症である。なるほど議論することがこの偏見を強めるか、弱めるか、それは定かではない。が、この種の本がもしも効果を発揮するとすれば、恐らくその最終的効果は反ユダヤ主義をこれまでより若干広範囲に行き渡らせるということである。反ユダヤ主義の真剣な研究に向かっての第一歩は、反ユダヤ主義を犯罪視するのを止めることである。一方、「典型的」ユダヤ人、あるいは「典型的」反ユダヤ主義者は我々とは異なった動物の種《しゅ》であるなどという論じ方が減れば減るほど、それだけ事態は改善されることになる。

（一九四八年）

九　ガンジーについて思うこと

Reflections on Gandhi

聖者は無罪と判明するまでは有罪を宣告されていなければならない。しかし聖者に適用される判決基準は、勿論、つねに同一であるとは限らない。ガンジーの場合、我々が発したいと思っている問いは、どの程度までガンジーは虚栄心に動かされていたか――どの程度まで、自分は礼拝用敷物に座して、純然たる精神力で諸帝国を揺さぶる、謙虚な裸の老人であると意識していたか――そしてどの程度、政治、すなわちその本質上威圧や欺瞞と不可分離の関係にある政治に入ることによって、おのれ一己の原則に妥協の余地を残していたか、というものである。こうした問いに明確な答えを出すためには、極めて詳細に、彼の行動や著述を研究しなければならないだろう。というのも、彼の全生涯は一つ一つの行いがことごとく意義を帯びる一種の巡礼だったからである。一九二〇年代で終わっている未完結の自伝〔『私の真理の実験の物語』〕は彼に好意的な眼差しを向けさせる有力な証拠となっている時期、罪深い時期と彼自身呼んだかも知れぬ時期をも扱っているから、そしてこの聖者、あるいは聖者に近い人の内部には頗る抜け目のない、有能な人間、すなわちもしも彼が選択の意志を発揮していたとすれば、弁護士として、行政官として、あるいはひょっとしたら実業家としてさえ、見事に成功したかもしれない人間、そういう人間が宿されている、と我々に気づかせるから、なおさら有力と言える証拠となっている。

彼の自伝が初めて現れた頃、その最初の二、三章を、インドのどこかの新聞の印刷の悪い紙面で読んだのを覚えている。この二、三章は私に良い印象を与えた。その当時ガンジー自体は私に良い印象を与えていなかったのだが。我々が彼と結びつけていたいくつかの事柄——手織りの衣、「霊魂の力」、菜食主義——は魅力あるものではなかった。彼の中世主義風の計画は発展途上の、極貧に苦しんでいる人口過剰の国では実現の見込みがないというのは明白だった。英国が彼を利用していた、あるいは利用していると思っていたのも明白だった。厳密にいえば、ナショナリストとしての彼は英国の敵であった。が、危機のあらゆる局面で彼は暴力を阻止しようと懸命に努めた——これは英国の観点からすれば、英国の立場を揺るがすいかなる行動も阻まれることを意味していた——かくて彼は「我々の側の男」と見做され得たのである。非公式の場で、皮肉を込めて、実際そのように認める発言が為されていた。インドの百万長者たちの見方も似たようなものだった。ガンジーは百万長者たちに悔い改めるよう呼びかけたが、彼らが社会主義者や共産主義者より彼の方を好んだのは当然のことだった。なにしろ社会主義者や共産主義者は、好機至れば、百万長者たちの金を本当に奪い取るだろうと予測されていたからである。こういう予測がどれほど頼りになるのか、長い目で見れば、疑わしい。ガンジー自身言っているように、「つまるところ欺瞞を事とする者は自己欺瞞に陥るより他はない」からである。が、とにかく彼が殆どつねに穏和な態度で英国側から遇されたのは、一つには、彼が有用な人材と思われていたからである。英国の保守派は、一九四二年に見られたように、彼が事実上、非暴力を以て英国とは異なった征服者〔日本〕に向き合った時、初めて心底から彼に怒りをぶちまけたのである。

　しかしそういう時でさえ、彼のことをおもしろいやつだと言ったり、けしからんやつだと言ったりしていた英国の高官たちは、まずどうやら、彼が本当に好きで、彼を高く評価してもいた、と見ることさえできると思う。彼が腐敗しているとか、何か卑しいやり方で野心を逞しゅうしたとか、あるいは彼が行ったことはすべて恐れや悪意に動機づけられていたなどと言った人は一人もいない。ガンジーのような人間を評価する場合、我々は直覚的に高い評価基準を適用する。そのために、彼の美徳のいくつかは殆ど見過ごされてしまっている。例えば、彼の自伝からさえはっきり見て取れるのは、彼の生来の肉体的勇気は群を抜いていたということである。彼の不慮の死は、これを明示する最近の例である。おのれの命に価値を付与している公的人間だったら、身辺護衛にもっと適切に措置を講じていただろう。さらに、E・M・フォースター〔Edward Morgan Forster：一八七九—一九七〇。英国の小説家〕が『インドへの道』（一九二四年）でずばり言っているように、偽善が英国人の悪徳であるように、偏執狂的疑い深さはインド人の悪徳であるのだが、その悪徳をガンジーは全く免れていたように思われる。無論、彼は不誠実を見抜くに足る洞察力を具えていたが、可能な場合はいつでも、他の人々は誠実に行動しているということ、接近のようすがとなりうる善性をもっているということを、信じていたように思われる。彼は、富裕ではない中産階級の家の出であったけれども、かなり不利な条件を背負って人生行路を歩み始めた。容姿の点ではどうやらぱっとしなかったが、妬みとか劣等感に悩まされることはなかった。南アフリカで最悪の形態を取っている有色人種差別意識に初めてぶつかった時、彼の驚きはひととおりではなかったようだ。事実上、有色人種差別との闘いと呼べる闘いを行っていた時でさえ、彼は人々について、民族や社会的地位の観点から考えることなどしていなかった。地方の長官、綿花の百万長者、半ば飢餓状態のドラヴィダ人〔インド南部やスリランカ出の非アーリア系種族〕のクーリー〔日雇い人夫〕、英国の兵卒はみな人間であるという点で平等であり、ほぼ同一の態度で知り合いになるべきであると彼は信じていた。南アフリカで、インド人社会の擁護者として活躍し、ヨーロッパ人の間で自らを不人気な状態に陥れていた時のように、それこそ最悪の状況に陥った場合でさえ、彼にヨーロッパ人の友人が一人もいない、などというようなことがなかったのは、注目に値する。

新聞に連載されるために書かれたガンジーの自伝は、一回分の文の量が少ないから、文学的傑作とはなっていない。が、素材の大半は平凡なものであるがゆえに、かえって強い印象を与える。ガンジーがインドの若き学徒が通常抱くような向上心を抱いて、人生を始めたということ、そして後年の極端主義的な見方は、徐々に、そしてある場合には、大分不本意に、やっと採られたということは、心に留め置かれて良い。シルクハットをかぶり、ダンスのレッスンを受けたり、フランス語やラテン語を学んだり、エッフェル塔に昇ったり、ヴァイオリンを弾くのを学ぼうとしたりした時期があったというのは、これを知っただけで興味をそそられる——こうした一切は、ヨーロッパ文明を可能な限り徹底的に我がものにしようと思って、為されたのである。彼は、聖者、すなわち幼少の頃からずっと、驚嘆すべき敬虔さで際立つ聖者の一人ではなかった。また世間を騒がせる放蕩を重ねた末に、俗世間を見捨てる、もう一つの類いの聖者の一人でもなかった。なるほど彼は青年の頃の不行跡をあらいざらい告白している。しかし実のところ、告白すべき悪行《あくぎょう》はさほどないのである。この自伝の口絵として、ガンジーの死亡時に彼が所有していたものの写真が載っている。この所有物全体は五ポンドで買えるほどのものである。そしてガンジーの罪、少なくとも肉体に関わる罪は、ひとまとめにして置かれたら、持ち物全体と同種の趣を呈するだろう。たばこ二、三本、少量の肉、幼少時にお手伝いからくすねた二、三アンナ〔インド・パキスタン・ミャンマーの旧通貨の単位〕の金、一度の売春宿行き（いずれの場合も彼は「何もしないで」逃げ帰った）、一度プリマス〔イングランド南西部のデヴォン州の港市〕の下宿の女主人との、道を踏み外した行為から間一髪のところで逃れたことがあったということ、怒りを爆発させたことが一度あったということ——彼の所有物や肉体に関わる罪の記録全体が示しているのはざっとこんなふうのものである。幼年時代からずっと彼は深く真剣な態度、宗教的というよりはむしろ倫理的な態度を持していた。しかし三〇歳頃まで、進むべき方向を決定づけさせるような、非常に明確と言える感覚は、彼には具わっていなかった。公人としての活動と称しうる活動に彼が初めて入ったのは菜食主義を通じてであった。尋常の域を脱している彼の性質の底に、我々は、堅固な中産階級出の実業家であった彼の先祖の存在を始終感じ取る。出世に繋がる大望を棄てた以後でさえ、彼は機略に富む、精力的な弁護士、経費の削減に意を用いる、感傷に左右されない政治的組織家、委員会を器用に切り回す敏腕家、寄付金を根気強く探し求める実務家であったに相違ない。彼の性格は並外れて混交したものから成り立っていたのだけれども、はっきりこれは悪いと指摘できるものはまず一つもなかった。ガンジーの不倶戴天の敵でさえ、彼がただ生きているということだけで世界を豊かにした非凡な興味深い人であったと認める、と私は確信している。彼はまた多くの人に好かれるタイプの人物であったかどうか、彼の教義の土台となっている宗教的信条を受け入れない人々にとって、彼の教義が大きな価値をもちうるかどうかに関して、私は十分に確信をもって答えを出したことは一度もない。

近年、ガンジーについて、彼は西欧の左翼運動に共感を寄せていただけでなく、その運動に組み込まれているとさえ主張するのが流行となっている。特にアナーキストや平和主義者たちは、ガンジーは自分たちの同志であると主張しているが、彼らが注目しているのは、彼が中央集権制と国家の暴力に反対していたという側面だけで、彼の現世超脱的、反人間本位的傾向は無視している。しかし、ガンジーの教義は、人間は万物の尺度であるという考え方、我々の務めはこの大地、我々が所有している唯一の大地での生を生きるに値するものにすることである、という考え方と一致させることはできないということを我々は十分に理解すべきである。ガンジーの教義は、神は存在するということ、堅固な手ごたえのある物体の存在する世界は回避されるべき幻影であるということ、この二つを前提にして初めて意味を成すのである。ガンジーがおのれ自身に課した規律――この規律は彼の教義の信奉者すべてに、その細部に至るまで守るよう強く要求したとは思われないが――、もしも我々が神、あるいは人類に仕えようと欲したなら、不可欠であると見做していたこの規律は考察に値する。まず第一に肉食は断つこと。できたら、いかなる種類の動物由来の食べ物も食することを断つこと（ガンジー自身は、おのれの健康維持のために、牛乳では妥協せざるを得なかったが、これを道徳的堕落と感じていたように思われる）。アルコールやたばこは不可である。香辛料や調味料は植物由来のものであっても不可である。なぜなら食物は、食物の美味それ自体のためにではなく、もっぱらおのれの力の保持のために摂取されるべきだからである。第二に性交は、できたら、行わないこと。性交が行われねばならないとしたら、それは子を生《な》すことを、唯一の目的として、思うに、大分間隔を置いて、行われるべきである、としている。ガンジー自身は三〇代の半ばに、完全な純潔を意味するブラマーチャルヤ、すなわち完全な純潔を意味しているだけでなく、性欲の除去をも意味しているブラマーチャルヤの誓いを立てた。完全な純潔の状態は、特別な食事療法と頻度の高い断食なしには、達成困難であるように思われる。牛乳にしてもそれを愛飲することの危険の一つは性欲を刺激しがちであるというところにある。そして遂に――これが枢要な点だが――純潔の状態を求める人には、親密な友情も独占的愛も、全く存在しなくなるより他はない、ということになる。

ガンジーが言うには、親密な友情は危険である、なぜなら「友人は互いに作用し合い」、友人への忠誠を通じて、人は悪行に引き入れられることがあるからである。これは疑問の余地なく本当のこととされている。さらに、人が神を、あるいは人類全体を愛するとしたら、人はおのれの愛を特定の個人に向けることはできない。これも本当のこととされている。これは人間中心的な見方と宗教的見方との両立に終止符が打たれる段階を指し示している。自伝は、ガンジーが妻や子に思いやりのない態度で接していたかどうかを不明確のままにしているが、ともかく、医師によって処方された動物由来の療養食を妻や子に食べさせるくらいなら、妻や子には死んでもらった方が良いと言ったことが三度ある、とはっきり述べている。なるほど、死んでもらった方が良いと脅かされていた妻や子が死ぬということは、実際には起こりはしなかったが、また、なるほどガンジーは――思うに彼の本来の生き方とは逆方向に働く道徳的圧力を大分受けて――罪を犯すという代価〔動物由来の療養食を食べるという代価〕を払ってでも、生き続けるという選択肢があることをつねに患者には言い聞かせていたが、それにもかかわらず、決断が全く彼一己に関わる固有の決断だったのなら、どんな危険を伴おうとも、彼は動物由来の療養食を食するのを不可としただろう。彼は言う、生き続けるために我々が為すことには限界がなければならない、と。そしてこの限界はチキンスープを食べることさえもってのほかとするような限界である、と。このような生き方は恐らく高潔な生き方であろう。しかし、思うにたいていの人が非・人間的（inhuman）という語に与えると思われる意味において、非・人間的である。人間的であることの本質は完璧を求めないというところにある。我々は、忠誠を貫くために、罪を犯すのを厭わない場合がある。また我々は禁欲主義に拠るにしても、これを友情ある交わりを不可能にする程度にまで推し進めたりはしない。また我々はどのつまり敗北を喫し、生きるというそのことによって打ち砕かれることがあると覚悟している。こうしたことは我々がおのれの愛を他の人々に結びつけたことの、不可避の代償である。たしかにアルコールやたばこなどは、聖者が避けるべきものであるが、聖者の状態は人間が避けなければならないものなのである。こういう発言に鋭い反論があるというのは、はっきりしている。しかしそういう反論を行うことには慎重であるべきだ。ヨーガ哲学に支配された今のような時代において、あまりにもためらいなく、こう思い込まれている、「現世超脱」は現世を全面的に受容するよりはましであるだけでない、普通の人がこれを拒絶するとしたら、それはあまりにも難解であるという理由だけからである、と。言い換えれば、普通の人は聖者になりそこなった人間である、と。こういう思い込みが真実を衝いているかどうか、疑わしい。たいていの人は聖者になりたいなどと本気で思っていはしない。聖者の状態を達成する一握りの人、あるいは聖者の状態に憧れを抱いている一握りの人は、多分人間であろうとする衝動を強く感じるということが全くないのだ。このような聖者願望を心理学的にその根源まで遡り得たら、「現世超脱」の主要動機は生きることの苦痛から、とりわけ愛から逃れようとする欲求であるということが分かるようになるだろう。そう私は思っている。愛は性的なものであれ、非性的なものであれ、骨が折れる仕事なのだ。が、ここで現世超脱の理念、現世肯定の理念、そのどちらが「より優れている」か、などと論じるには及ばない。大事な一点は、両者は相容れないということである。我々は神か人間か、二つに一つを選ばなければならない。穏健な自由党員からこの上なく過激なアナーキストに至るまでの「過激派」や「進歩派」はいずれも、事実上人間を選んだのである。

とは言え、ガンジーの平和主義は、彼の他の教義から、ある程度、切り離されうる。この平和主義の動機は宗教的なものだが、この平和主義を擁護して、これは明確に技術であり、願った通りの政治的結果を産み出しうるものでもあると彼は主張した。平和に関してガンジーが取った態度は西欧の大方の平和主義者の態度とは全く異なっていた。南アフリカで初めて案出されたサトヤグラハ（Satyagraha）と呼ばれる方法があった。これは一種の非暴力的闘争で、敵を傷つけることなく、また敵に憎悪を抱いたり、敵への憎悪を掻き立てたりするようなことなく、敵を敗北させる方法であった。それは市民的不服従やストライキや汽車の前に身を横たえることや、逃げ出すことなく、反撃することなく、警官たちの攻撃に耐えることを、必然的に伴っていた。ガンジーはサトヤグラハの英訳を「消極的抵抗」とすることに反対していた。グジャラート語〔インドのグジャラート州とその周辺で用いられる印欧語族〕では、この語は「信実を守り抜こうとする確固たる態度」を意味しているように思われる。青年の頃、ガンジーはブール戦争において、英国側の担架兵として力を尽くした。第一次世界大戦（一九一四―一八年）の時も同様の役割を果たす覚悟ができていた。暴力をきっぱりと斥けた後でさえ、彼は戦争においては、通常どちらかの側に味方する必要がある、と悟るほどおのれ自身に誠実であった。あらゆる戦争において、交戦国は双方とも同じ穴の狢《むじな》であり、どちらの側が勝利するかなどということは意味を成さないというような、不毛で不誠実な論じ方は採れなかった——実際、彼の全政治生活は、国〔インド〕の独立のための闘いを中心としていたから、そういう論じ方は採れなかったのである。また彼は、西欧のたいていの平和主義者とは違って、解答しづらい問いを回避するのを得意とはしていなかった。今回の大戦〔第二次世界大戦〕に関して、あらゆる平和主義者が明確に答えなければならなかった一つの問いは、こういうものだ。「ユダヤ人はどうなるのか。あなたはユダヤ人が絶滅されるのを見る覚悟ができているのか。もし覚悟ができていないとすれば、戦争に訴えずに、ユダヤ人を救うどんなやり方を提示するつもりか」。この問いに対する誠実な答えを、西欧の平和主義者から聞いたことは一度もないと言っておかなければならない。もっとも通常「あなただって答えきれない」といった類いのはぐらかしはたっぷり聞かされたのだが。ところで一九三八年にガンジーはたまたまこれと幾分似た問いをかけられ、その問いに対してガンジーが行った答えがルイス・フィッシャー氏の『ガンジーとスターリン』に記されている。フィッシャー氏によれば、ガンジーの見方は、集団自決こそドイツ在住のユダヤ人が為すべきことである、というものだ。「集団自決をしていたなら、それは全世界の人々、ドイツの人々をヒットラーの暴力に目覚めさせたであろう」。戦後ガンジーはおのれの見方を正当化して、こう言った。とにかくユダヤ人は殺されたのだ。どうせ死ぬなら意義ある死に方をした方がいい、と。このような見方はガンジーを心から崇拝していたフィッシャー氏をさえ仰天させたという印象を我々は受ける。しかしガンジーはおのれ自身に敢えて誠実であろうとしていたに過ぎない。我々には人の命を奪う覚悟ができていないとしても、何らかの仕方で数多くの命が失われることを覚悟しなければならない場合が多い、と考えていたのである。一九四二年、日本軍の侵略に対して非暴力の抵抗の必要性を力説した時、彼は、幾百万人もの命が失われるかもしれぬと認める覚悟ができていた。

同時に、何といっても一八六九年に生まれたガンジーは、全体主義の本質が分かっていなかったし、万事を英国政府に対する彼独自の闘争の観点から見ていた、と考察することには一理ある。重要な点は、英国が彼を辛抱強く遇したということよりも、むしろ彼が世界の注目をつねに一身に集め得たということである。上に引用した句〔「世界の目を覚まさせる」〕に見られる通り、彼は「世界の目を覚まさせること」は可能であると信じていた。ところで世界の目を覚まさせることが可能になるのは、我々が行っていることを世界が耳にする機会を得ている場合に限られる。ガンジーの方法が、体制に異議を申し立てる者が真夜中に消え、以後二度と再び消息が聞かれることなどない国にどうやって適用されうるのか、理解しがたい。出版の自由、集会の自由がなければ、我々は国外の世論に訴えることができないだけでなく、大衆運動を引き起こすこともできない、いや我々は我々の意図を、我々の敵対者に知ってもらうことさえできないのだ。目下、ロシア〔ソ連〕にガンジーのような人がいるだろうか。いるとすればどういうことを成し遂げつつあるか。ロシア〔ソ連〕の大衆が市民的不服従を実践しうるとしたら、それは大衆全体の頭に同じ考えが同時に浮かんだ場合に限られるのだが、そういう場合でさえ、ウクライナ飢饉〔七〇〇万人の餓死者を出したこの飢饉は、報道しない自由によって外部世界に知られることが殆どなかった〕という歴史的大事件から判断すれば、何事もなかったということにされるだろう。ところで非暴力的抵抗は、自国の政府に対して、占領軍に対して効力を発揮すると認めたとしても、国際的にそれはどうやって実践されるのか、という問題が浮上する。前《さき》の大戦についてガンジーが行ったさまざまな矛盾する発言は、その困難を彼が感じ取っていたことを示しているように思われる。平和主義は、外国の政治に適用されると、平和主義的であることを止めるか、宥和政策となるか、いずれかである。さらにガンジーが個々人を相手にしていた場合に大いに役立った前提、すなわち人間はみな、事実上、信頼されうる存在であり、思いやりの意思を表示する行為をすれば、それに応えてくれるという前提は、真剣に疑問に付されねばならない。この前提は、例えば正気を失った者たちを相手にした場合は、通用するとは限らない。そこでこの問題は次のようになる。誰が精神的に正常であるのか。ヒットラーは正常だったのか。一つの文化全体が他の文化の基準で精神障害の産物とされるということは起こり得ないか。我々が諸国の国民全体の感情を推し測りうる限り、思いやりのある行為が行われれば、それに対して友好的な反応が示されるといったふうに行為と反応との間にははっきり分かる関係があるなどと言えるだろうか。そもそも感謝の念は国際政治の一要素であるか。

こうした問題、そしてこれに類する問題は論議されねばならない、しかも緊急に論議されねばならない。誰かがボタンを押し、ロケットが飛翔し始めるという事態が生じるまで、時間は二、三年しか残されていないからだ。今一度大戦が勃発したら、文明はそれに耐えられるのか、疑わしいように思われる。大戦を防止する方法は非暴力に拠るところに見出されるというのは少なくとも考えとしては成り立つ。ガンジーの美徳は、今取り上げたような問題について誠実に考察する心構えができていただろうと思わせるところに存する。実際、彼は、彼の執筆した夥しい新聞掲載の評論のどこかでこうした問題の大半について多分論じただろう。彼について感じさせられるのは、彼の理解を超えていたものが沢山あったということ、しかし、彼が恐怖の念から言わずにおいたこと、考えずにおいたことは一つもなかったということである。私はガンジーに強い愛着を抱き得たことは一度もないが、政治思想家として大筋において間違った考え方をしていたとは全く思わないし、また彼の人生は失敗だったとも決して思わない。彼が暗殺された時、彼の熱烈な崇拝者たちの多くが、悲嘆の表情を示して、ガンジーは長生きしたために自分の一生の仕事が台無しになるのを見る破目になった、なにしろ権力移行〔英国からインドへの〕の副産物の一つとして長年ずっと予見されていた内戦〔ヒンズー教徒とイスラム教徒との間の〕にインドは突入しているのだから、と叫んだのは、なんとも奇妙な光景である。ガンジーが一生を賭けた闘いはヒンズー教徒とイスラム教徒の間の抗争を鎮めるのを目的とはしていなかった。彼の主たる目的は英国の支配を平和裏に終わらせることだった。この目的は、つまるところ、達成された。ところで、大きな目的が達成される場合によくあることだが、関連性のある諸事実が作用し合っていた。一方では英国は、たしかに、戦闘を引き起こすことなくインドから去るということがあった。これが起こる約一年前までは、これを予測した評論家はまず一人もいなかった、と思われる出来事だった。他方では、インドの独立が労働党政府によってなされるということがあったのであり、保守党政府だったら、特にチャーチルの率いる保守党政府だったら、違った対応が取られていただろう。これは確かなことだと思われる。さて一九四五年までに、インドの独立に共感を寄せる世論の塊が英国に生じていたとすれば、それはどの程度までガンジーという人物の影響によるものであったか。起こったとしても不思議ではないことだが、インドと英国との間に、遂にまともな友好的関係が築かれるに至るとすれば、それは一つには、ガンジーが憎しみを抱かずに堅忍不抜の独立闘争を続け、政治の雰囲気全体から好ましくない要素を除去したことによるのであろうか。我々がこういう問いを発するのを思いついたりすることさえ、それ自体、ガンジーの人間としての器の大きさを示している。ガンジーを前にしていると、人は私と同様に、審美的観点から、一種の嫌悪感を覚えるかもしれない。またガンジーに味方して為される主張、すなわちガンジーは聖者の状態を達成していたという主張を、人は斥けるかもしれない(ところでガンジーが、自ら自分は聖者であるなどと主張したことは一度もない)。さらにまた、人は、聖者であることを理想とする姿勢を忌避するあまり、ガンジーの根底的な目的は反人間的、反動的なものであったと思うかもしれない。しかし、ガンジーを単に一個の政治家として見つめ、我々の時代の他の政治家たちと比べた場合、私はこう思うのだ。ガンジーは何という清潔な香りをあとに残すことに成功したことだろう！　と。

（一九四九年）

訳者あとがき

二〇〇〇年にオックスフォード大学のティモシー・ガートン・アッシュは、ピーター・デーヴィソン編集の『オーウェルと政治』の序文で「短命で時代遅れの文人」ジョージ・オーウェルを、「二〇世紀で最も影響力を発揮した政治的作家」と呼び、その影響の持続と拡がりの点で、ソルジェニーツィン、カミュ、サルトル、ブレヒト、カール・ポパー、ハイエク、レイモン・アーロン、ハンナ・アーレント等は、オーウェルには及ばない、「オーウェリアン（オーウェル的な）」（Orwellian）という語が世界的によく知られているという事実がそれを証明するものの一つとなっている、という意味のことを語っている。が、冷戦に西側世界が勝利したという安堵感からか、アッシュは「『一九八四年』の世界は一九八九年〔ソ連崩壊の年〕に終わった。オーウェルが描いている体制〔全体主義の体制〕は北朝鮮のような、英国から遠く離れた二、三の国で生き延びた。また弱められた形で中国でも生き延びた」と書いた。中国の全体主義体制が弱められた形で生き延びたという見方は完全に誤りである。いよいよ強化された形で生き延びているということを中国の指導部は公言しているし、実際、強化された形で厳存している。全体主義国中国の支配政党とその指導者は絶対的権力を未来永久にわたって保持しようとする欲求を抱いていることにアッシュは気づき得なかった。

一九四九年に発表されたオーウェルの『一九八四年』という作品は、歴史上の一九八四年を超えて普遍的に意味をもつ作品である。一般に、全体主義確立後、国家がどのような姿を取るかを具体的に描いた作品であると受け取られるべきである。

『一九八四年』の世界を彷彿させる記事が『讀賣新聞（朝刊）』（二〇二〇年九月二八日）に載っている。

上海＝南部さやか　中国共産党政権は、二五～二六日、新疆ウイグル自治区の統治方針を協議する重要会議を六年ぶりに開いた。習近平国家主席は「共産党の統治方針は完全に正しく、長期にわたり必ず堅持すべきだ」と述べ、少数民族ウイグル族らへの同化政策を徹底する方針を示した。（略）習氏は住民への思想教育を通じ、「中華民族の共同体意識を心の奥深く根付かせなければならない」と指示した。ウイグル族が信仰するイスラム教についても、党が宗教活動を厳密に統制する「宗教の中国化」を推進するよう命じた。

このレポートを読んで強く印象づけられるのは、「共産党の統治方針は完全に正しい」という文に明示されている立場、中国共産党は無謬であるとする立場である。この立場の堅持を通じて、ウイグル族に対する同化政策が仮借なく、徹底的に行われるのみならず、ウイグル族のイスラム教もその宗教活動も無謬の共産党によって「厳密に統制」されることになるのである。

無謬の統治方針に対する違反の有無を常住坐臥監視する措置が取られるということは容易に想像できる。住民が味わう恐怖も容易に想像できる。香港での幾多の例が示している「夜半の逮捕」、『一九八四年』の「逮捕はきまって夜半に行われた」を想起させる夜半の逮捕、恐怖をいやがうえにも高める「夜半の逮捕」は「ウイグル自治区」でも行われている、と容易に想像できる。

「恐怖を原理としてもつ専制政体」は、モンテスキューの『法の精神』の中の言葉だが、全体主義に特有の恐怖が確かに存在する。『一九八四年』で行われている次のような叙述は、その恐怖の性質を暗示している。

人は本能と化した習慣から、自分の出す音はすべて盗聴されており、自分の体の動きは、暗闇にいる場合を除いて、すべて細密に調べられていると仮定して生きていかなければならなかったし、現にそう仮定して生きていた。(*Nineteen Eighty-Four*, Secker and Warburg Complete Edition, London 1987, p. 5)

全体主義は中国一国に限られた事象ではない。権力の亡者《もうじゃ》となって、スターリンを称えるに至っている大統領の支配する国が全体主義の誘惑を斥けかねているという事実は、一九三六年以後綴られたオーウェルの文章の価値をいよいよ高めることとなろう。

翻訳に際して、中央公論新社学芸編集部の郡司典夫氏から頗る貴重な助言と励ましをいただいた。心より深く感謝申し上げる。

照屋佳男

令和三年七月九日

装丁・本文組　濱崎実幸

著　者

ジョージ・オーウェル（George Orwell）

本名エリック・アーサー・ブレア。1903年インドに生まれ、イギリスで育つ。イートン校を卒業後、警察官としてビルマで勤務。著書に、『パリ・ロンドン放浪記』、『カタロニア讃歌』、『動物農場』、『一九八四』などがある。50年に肺結核のため死去。

訳　者

照屋佳男（てるや・よしお）

1936年（昭和11年）、沖縄県中頭郡北谷村（現北谷町）生まれ。早稲田大学名誉教授。1956年、普天間高等学校卒業。1962年、早稲田大学第一文学部英文科卒業。67年、同大学院文学研究科博士課程単位取得満期退学。専攻、英文学。著書に、『私の沖縄ノート――戦前・戦中・戦後』（中央公論新社、2019年）、訳書に、『麗しき夫人』（D・H・ロレンス著、中央公論新社、2018年）などがある。

全体主義《ぜんたいしゅぎ》の誘惑《ゆうわく》

――オーウェル評論選《ひょうろんせん》

2021年11月25日　初版発行

著　者　ジョージ・オーウェル

訳　者　照《てる》屋《や》佳《よし》男《お》

発行者　松田陽三

発行所　中央公論新社

〒100-8152　東京都千代田区大手町1-7-1
電話　販売　03-5299-1730　編集　03-5299-1740
URL http://www.chuko.co.jp/

印　刷　図書印刷
製　本　小泉製本

Published by CHUOKORON-SHINSHA, INC.
Printed in Japan　ISBN978-4-12-005480-8 C0031